KB025081

사랑이 가까워지면
이별이 가까워진다

'거짓으로 새편한다는 말은 곧
    미혹하다는 것입니다.

사랑이 가까워지면

록이와 밤삼킨별의 'Sentimental Book!'

이별이 가까워진다

이록 지음 — 밤삼킨별 손글씨 · 사진

smart business

차 례

이 책은

사랑 때문에

비슷한 마음병을 가진

사람들을 위로하는

'가슴속 아스피린'입니다.

사랑하는 마음이

사랑하는 사람을

지켜준다는 믿음을

신앙처럼 여기는

사람들을 위한

'특별한 선물'이지요.

사랑이 가까워지면

이별이 가까워지고

반대로

이별이 가까워지면

사랑이 가까워집니다.

사랑으로 생긴

이 기막힌 마음병을 이겨낸

마지막은

항상

그 아픔과 싸워

더욱 아름다워졌다는 겁니다.

001

가까운 사랑, 먼 이별

멀리 있는 것은 아름답다
무지개나 별이나 벼랑에 피는 꽃이나
멀리 있는 것은
손에 닿을 수 없는 까닭에
아름답다
사랑하는 사람아,
이별을 서러워하지 마라,
내 나이의 이별이란
헤어지는 일이 아니라 단지
멀어지는 일이다

시, '원시遠視'에서 – 오세영

한 사람이 있었습니다. 그의 곁에는 매일매일 따라 다니는 그림자가 있었습니다. 그림자는 항상 곁에서 친구가 되어 주었습니다. 그는 그림자에게 잘해 주었고, 그림자는 말없이 그의 곁을 지켰습니다.

어느 날 질투 많은 바람이 그의 곁을 지나며 말했습니다.
"왜 그림자에게 잘해 주세요?"
"그림자는 항상 내 곁에 있어 주기 때문이지."
그 사람이 대답하자, 바람은 시큰둥하게 말했습니다.
"핏, 아니에요. 그림자는 당신이 기쁘고 밝은 날에만 잘 보이지, 어둡고 추울 때는 당신 곁에 있지 않았다고요."

생각해 보니 그가 힘들고, 슬프고, 어두울 때에 그림자는 항상 보이지 않았던 거예요. 그 사람은 화가 났습니다. 그리고 그림자에게 말했습니다.
"더 이상 내 곁에 있지 말고 가버려!"

그 한마디에 그림자는 조용히 사라졌습니다. 그 후로 그는 바람과 함께 즐겁게 지냈습니다. 그것도 잠시, 바람은 그저 그에게 스쳐갈 뿐이었습니다. 혼자가 되어 버린 그는 다시 그림자를 그리워하게 되었습니다.

멀리 있어야
아름다움을 깨닫습니다.
이별한 후에야
소중함을 깨닫는 것이지요.

"그림자야 어디 있니? 다시 와줄 순 없을까?"
언제나 그랬던 것처럼 어디선가 그림자는 조용히 다가와 그의 곁에
있어 주었습니다.

그림자가 말했습니다.
"난 항상 당신 곁에 있었답니다. 다만 어두울 때는 당신이 보지 못했
기 때문입니다. 왜냐고요? 힘들고 슬프고 어두울 때는 난 당신에게
가까이, 더 가까이 다가가 있었기 때문이에요. 너무나 가까이 있어
서 당신이 볼 수 없었나 봐요."

우리는 힘이 들 때 누군가가 자신의 곁에 있다는 것을 잊고 삽니다.
세상에 혼자 남겨져 있다는 생각 속에서는 아픔은 배가 되지요.

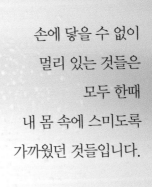

손에 닿을 수 없이
멀리 있는 것들은
모두 한때
내 몸 속에 스미도록
가까웠던 것들입니다.

무지개 같은 사랑도,
별처럼 빛나던 희망도,
벼랑에 피는 꽃처럼
아찔했던 젊은 날의 방황도.

기억하세요.
혼자가 아니란 것을.
너무나 가까이 있어서
보이지 않을 뿐이란 것을.

15

기억하세요.
혼자가 아니란 것을.
너무나 가까이 있어서
보이지 않을 뿐이란 것을.

002

제 눈물로 제 뿌리를

파헤치는 사랑

뻐꾹 뻐꾹
날면서도
꽃송이를 찾아 앉는
나비를 보아라

마음아

시, '나를 위로하며' 全文 ― 함민복

18

예수님이 하얀 이를 드러내며 활짝 웃는 모습은 좀처럼 떠올리기가 어렵습니다. 고난의 상징, 모든 인간의 죄를 떠안으신 성인으로 예수님이 기억되기 때문이지요.

분명 예수님처럼 바른말 잘하시는 분이라면 어렸을 적부터 싸움깨나 족히 했을 법한데, 만약 예수님이 어릴 적 싸움으로 앞니가 부러졌다고 생각해 보세요. 이빨 빠진 모습으로 씨익~ 웃는 예수님의 모습은 참기 힘들 만큼 웃음이 나옵니다.

예수님과 다르게 부처님은 항상 엷은 미소를 띠고 계시지요. 예수님이 비쩍 마른 체구라면 부처님은 뚱땡이입니다. 이빨 빠진 예수님이 상상이 되지 않듯, 뚱땡이 부처님이 소림사의 스님들처럼 날아서 이단 옆차기, 뒤돌려 차기를 하는 모습 또한 얼른 상상이 되지 않습니다.

상상을 이쯤까지 몰고 가면,
유쾌한 일도 많겠지만
반대로 슬픈 것들도 많습니다.

19

만약 동물도 사람과 비슷한 병을 가질 수 있다면, 인간에게 사육되어 길들여진 동물 중에는 분명 저능아 동물도 있겠지요. 슬픈 건 그런 상상을 하다보면 인간의 나쁜 내면을 또 한 번 들여다봐야 한다는 것입니다.

약한 사람에게는 강하게, 강한 사람에게는 약한 모습을 보이는 게 사람의 내면입니다.

저능아로 태어난 쥐가 있습니다. 사람을 보면 도망치지도 않고 고양이를 보아도 무서워하지 않습니다. 쳇바퀴 속에 넣으면 다람쥐처럼 말을 잘 듣습니다. 이때에도 그 쥐는 다람쥐가 되지 못하고 그냥 병균을 옮기는 더러운 쥐일 뿐입니다. 바보 쥐이기에 고양이 앞에서도 도망치지 않아 잡혀 먹히겠지요. 또 그 모습을 보며 사람들은 재미있어 하겠지요.

저능아로 태어난 호랑이가 있습니다. 살아 있는 작은 먹을거리를 주면 지레 놀라 도망치는 호랑이. 그래서 꼭 죽은 음식들만 먹고, 바나나를 줘도 당근을 줘도 덥석 받아먹는 호랑이. 그런 호랑이도 고양이가 되지 못하고 백수의 왕 호랑이일 뿐입니다. 철조망 밖에서 손가락질하며 웃기야 하겠지만, 사람들은 가까이 가지 못하고 밖에서만 신기하게 바라보겠지요.

강한 것에는 더욱 강하게, 약한 것에는 더욱 약하게 사는 세상은 또 상상에서만 가능한 일인지도 모르겠습니다.

사랑도 그렇습니다. "꼼짝 마!" 하면 꼼짝 못하는 사랑을 우습게보지 않았습니까? 내 입속의 혀처럼 내 맘을 읽어 주던 사랑에 대하여, 항상 내 말에 귀 기울여 주는 내 편인 착한 사랑에 대하여, 더 오래 참아 더 깊은 곳에 와 닿던 사랑에 대하여, 너 없이는 못산다는 사랑에 대하여, 그와 반대로 행동하지는 않았습니까? 그것을 속으로 즐기지 않았습니까?

제 눈물을 떨어뜨려
제 뿌리를 파헤치는 사랑
제 가슴속에 무덤을 파는 사랑

삐뚤삐뚤,
잘못된 것처럼 보이는
바보 같은 사랑이 있어,
사랑이란 단어가
더 뚜렷하게 빛나는 것입니다.

21

제 눈물을 떨어뜨려
제 뿌리를 파헤치는 사랑
제 가슴 속에 무덤을 파는 사랑

삐뚤삐뚤
잘못된 것처럼 보이는
바보같은 사랑이 있어,
사랑이란 말이가
더 뚜렷하게 빛나는 것입니다.

순이가 떠난다는 아침에 말 못할 마음으로 함박눈이 내려, 슬픈 것처럼 창 밖에 아득히 거울린 지도 위에 덮인다. 방안을 돌아보아야 아무도 없다. 벽과 천장이 하얗다. 방안에까지 눈이 내리는 것일까. 정말 너는 잃어버린 역사처럼 훌훌이 가는 것이냐. 떠나기 전에 일러둘 말이 있던 것을 편지를 써서도 네가 간 곳을 몰라 어느 거리, 어느 마을, 어느 지붕 밑, 너는 내 마음속에만 남아 있는 것이냐. 네 조그만 발자욱을 눈이 자꾸 내려덮여 따라갈 수도 없다. 눈이 녹으면 남은 발자욱 자리마다 꽃이 피리니, 꽃 사이로 발자욱을 찾아 나서면 일 년 열두 달 하냥 내 마음에는 눈이 내리리라.

시. '눈 오는 지도' 全文 - 윤동주

23

제가 아는 어느 선생님은 RP라는 병으로 시력을 잃었습니다. 이 병은 유전성 질환으로 유아기부터 서서히 진행되어 결국에는 완전히 시력을 잃게 되는 무서운 병입니다. 시력을 잃은 선생님의 말씀이 생각납니다.

내가 기억하는 모습은 십여 년 전의 모습이다. 나는 그 후로 전혀 늙었다는 생각을 할 수 없다. 눈으로 확인할 수 없기 때문이다. 인간의 의식은 시각적 인식에서 시작된다. 그러나 내 의식은 이제 시각적 편견으로부터 자유로워졌다. 이제는 소리와 마음으로 인식한다. 그래서 아름답지 않은 사람이 없다. 내가 아름답다고 생각하면 그 사람은 아름다운 것이다. 아름다운 사람들이 주위에 있으니 세상도 아름답다. 그래서 이제는 무엇이든지 사랑할 수 있게 되었다.

젊은 날에 영화배우로 활동했던 분이라 시력을 가지고 있었을 때는 무척 까다로운 분이셨다고 합니다. 다른 사람과 같은 무늬의 옷을 입는 것이 싫어서 무늬가 있는 옷은 사지도, 입지도 않았다고 합니다.

지금 그 분은 손끝으로 만져지는 촉감으로 옷을 고릅니다. 그래서 모든 색깔과 무늬의 옷을 다 입게 되었습니다.

시력을 잃은 선생님은 시각적 편견에서 자유로워질수록, 머릿속에 더욱 선명해지는 것이 있다고 합니다. 그것은 당신이 마음 아프게 했던 사람들의 얼굴이라고 합니다.

당연히 가지고 있는 것,
당연히 내 것이라고 생각했던 것을
잃어버렸을 때의 감정은
상실의 슬픔입니다.
그만큼 분노와 슬픔이 크다는 것이지요.

선생님처럼 비장애인이 장애를 가지게 될 때, 그것을 인정하기까지 보통 3년의 시간이 필요하다고 합니다. 그 3년이라는 시간 동안 분노와 슬픔을 다스리는 것이지요. 그것을 다스리지 못하면 그의 생은 장애보다 더 엉망이 되어 버립니다.

사랑도 그렇지요. 사랑을 잃어버렸을 때, 분노하고 슬퍼하면 그 사람에 대한 끈을 놓아 버리는 것입니다. 그러면 사랑은 이별로 끝납니다. 그러나 사랑이 이별로 끝나지 않는 경우가 있습니다.

눈이 녹으면 남은 발자국 자리마다 꽃이 피리니, 꽃
사이로 발자국을 찾아 나서면 일 년 열두 달 하냥
내 마음에는 눈이 내리리라.

삶에서 규정지어진다는 것이 있습니다.
나와 너,
남자와 여자,
사회와 자연.
땅과 하늘,
이런 자연스러운 규정들에서부터
같다와 다르다.
옳음과 옳지 않음,
사랑과 미움,
희망과 절망.
이처럼 보이지 않는 것까지
누가 무엇을 규정지을 수 있을까요.

편견을 벗어던지면

사랑과 이별도 규정지어질 수 없습니다.

규정짓지 않을 때,

사랑은 이별로 끝나지 않는 것입니다.

삼백 예순 다섯 날

마음속에 눈 내리는 것입니다.

편견을 벗어던지면
사랑과 이별도 규정지어질 수 없습니다.
규정짓지 않을 때,
사랑은 이별로 끝나지 않는 것입니다.
삼백 예순 다섯 날
마음속에 눈 내리는 것입니다.

004

까짓것, 이제 별거 아닌 것들만

이루면 되요

잊지마라
지금 네가 열고 들어온 문이
한때는 다 벽이었다는걸

시, '처음 출근하는 이에게'에서 – 고두현

30

삶을 구걸로 연명하는 눈 먼 거지가 있었습니다. 하루 종일 어쩌다 한두 사람만 적선을 할 뿐, 사람들은 그에게 관심을 주지 않았지요. 어느 날 그 길을 우연히 지나치던 한 여인이 눈 먼 거지 앞에 놓인 '한 푼만 도와줍쇼'라는 글귀를 한참 동안 바라보았습니다. 그리고는 그 글귀 위에 하얀 종이를 붙이고 글을 쓰기 시작했습니다.

그런데 이상한 일이 벌어졌습니다. 여인이 쓴 글을 읽은 사람들이 눈 먼 거지에게 관심을 보이기 시작했습니다. 사람들의 관심이 많아질수록 눈 먼 거지 앞에는 차츰 돈이 쌓이기 시작했습니다.

그 까닭을 알지 못하는 눈 먼 거지가 적선하는 사람에게 물었습니다.
"어떻게 된 일이지요? 대체 무슨 글이 쓰여 있지요?"
그러자 적선하던 사람이 의아하다는 표정으로 새로 쓰인 글을 읽어 주었습니다.

"정말 아름다운 날입니다. 그러나 저는 이 아름다운 날을 볼 수 없습니다."

'한 푼만 도와줍쇼'라는 글귀를 '정말 아름다운 날입니다. 그러나 저는 이 아름다운 날을 볼 수 없습니다'로 바꾼 것뿐인데, 그 눈 먼 거지에게는 커다란 변화가 일어난 것이지요.

삶도 마찬가지입니다. 지금 힘드시지요? 앞이 보이지 않을 만큼 어둡지요? 그럴 때일수록 처음 출근했던 옛날을 생각해 보세요. 지금 당신이 출근하면서 들어가는 그 문을 열기 위해 얼마나 긴 시간이 필요했나요. 얼마나 아픈 세월을 보냈나요.

그 시간과 아픔을 생각하니, 어때요?
조금 더 실만하지요?

지금 당신이 아침에 열고 들어가는 문은,
한때는 넘을 수 없는 벽이었습니다.
넘을 수 없는 벽도 열었는데
까짓것,
이제 조금만 더 버티면 되는 거예요.

불교에서는 사람의 인연을 '겁劫'이라는 단위로 설명합니다. 하늘에 있는 선녀가 천 년에 한 번씩 목욕을 하러 땅으로 내려옵니다. 연못 근처에 커다란 바위가 하나 있는데, 천 년에 한 번 선녀가 내려올 때마다 그 바위에 선녀의 옷깃이 스칩니다. 그 커다란 바위가 선녀의 날개옷에 스쳐 닳아 없어지는 시간을 1겁이라고 합니다.

이 세상에서 옷깃을 한 번 스치는 것은 500겁의 인연이 쌓여야 가능하다고 합니다. 부부는 7000겁, 부모 자식은 8000겁의 인연이라고 하고요. 상상으로도 가늠하기 어려운 시간이지요. 그 시간을 생각하면, 지금 우리가 만나는 모든 사람들의 인연은 상상할 수 없는 기적이지요.

어디 그뿐인가요? 이 광활한 우주에서 지구에서 산다는 것, 수많은 생명체 중에서도 인간으로 태어났다는 것은 불가능에 가까운 기적이지요. 사람으로 태어나 지금의 내 나라, 내 가족, 내 사랑, 내 아이를 만나고 또 무엇보다 지금 이 글을 읽고 있다는 자체는 더더욱 불가능에 가까운 기적입니다.

그래서 지금 힘들다는 것도 기적이지요.
그 불가능도 헤쳐 나왔으니 까짓것, 이제 별거 아닌 것들만 이루면 되지 않겠어요. 돈 버는 것, 건강하는 것, 성공하는 것, 당신은 지금 당신이 이룬 기적보다 쉬운 것들에 도전하고 있는 거예요.
마음속으로 거짓 없이 소리치세요.

"다 잘 될 거야!"가 아니라
"다 잘 될 줄 알았어!"
"곧 좋은 날이 올 거야!"가 아니라
"지금이 좋은 날이야!"

지금 당신이 앞에 열고 들어가는 문은,
한때는 넘을 수 없는 벽이었습니다.
넘을 수 없는 벽도 열었는데
겨우 그깟것,
이제 조금만 더 버티면 되는 거예요.

34

005

늦게 찾아온 기쁨은

그만큼 늦게 떠난다

삶이 흔들리는 건
아직도 흘릴 눈물이 남았다는 건
내 삶을 포기하지 않는다는 증거니까
가끔씩은 흔들려보는 거야

하지만 허물어지면 안 돼
지금 내게 기쁨이 없다고
모든걸 포기할 필요는 없어
늦게 찾아온 기쁨은 그만큼 늦게 떠나가니까

시, '가끔씩 흔들려보는 거야'에서 – 박성철

거북이가 토끼를 이긴
진짜 이유를 아세요?

거북이가 토끼를 이긴 진짜 이유는
거북이의 경쟁 상대는
토끼가 아니었기 때문입니다.
거북이의 경쟁 상대는
자신의 느린 걸음과 결승점이었습니다.

토끼는 거북이가 경쟁 상대였기 때문에
거북이가 한참이나 뒤떨어지자,
자만하고 방심하게 되어
잠까지 자게 된 것이지요.

그러나 거북이의 경쟁 상대는
자신의 느린 걸음과 결승점이었기 때문에
결코 포기할 수 없었던 것이지요.

성공한 사람과 그렇지 못한 사람의 차이,
부자가 된 사람과 그렇지 못한 사람의 차이,
아주 특별한 것을 만들어 내는 사람과
그렇지 못한 사람의 차이는

모두 '포기하고 싶은 횟수'와 비례하지요.

토끼에게는 포기하고 싶은 순간이 없었지만
거북이게는 포기하고 싶은 순간이
수천 번이었겠지요.
그래서
포기하고 싶다는 것은
부끄러운 일이 아닙니다.

포기하고 싶은 순간이 많을수록
속울음이 많아지고,
속울음이 많은 사람일수록
아름다워집니다.

가난한 사랑이
얼마나 아름다운 것인지
스스로 깨달을 수 있음은
그 외로움과 슬픔을 묵묵히 이겨낸
먼 훗날입니다.

그대에게 약속한 빛나는 열매들.
그 곳으로 가는 발걸음이
느리다고 핀잔주지 마세요.
끝이 보이지 않는다고 질타하지 마세요.

내 늦은 사랑이
언제가 그대에게 도달하듯
내 느린 걸음도
언제가 결승점에 도달할 거니까요.

늦게 찾아온 기쁨은
그만큼 늦게 떠난다는 사실을
신앙처럼 믿으니까요.

뒤돌아고 싶은 순간이 많을수록
속울음이 많아지고,
속울음이 많은 사람일수록
아름다워집니다.

가난한 사랑이 얼마나 아름다운 것인지
스스로 깨달을 수 있음은
그 외로움과 슬픔을 묵묵히 아껴낸
먼 훗날입니다.

006

사랑하며
살아야 하는 까닭

한밤중에 홀로 연필을 깎으면 향긋한 영혼의 냄새가 방안 가득
넘치더라고 말씀하셨다는 그 분처럼 이제 나도 연필로만 시를
쓰고자 합니다. 한 번 쓰고 나면 그 뿐 지워버릴 수 없는 나의
생애 그것이 두렵기 때문입니다. 연필로 쓰기, 지워 버릴 수
있는 나의 생애, 다시 고쳐 쓸 수 있는 나의 생애,
용서받고자 하는 자의 서러운 예비, 그렇게 살고 싶기 때문입니다.
나는 언제나 온전치 못한 반편 반편도 거두어 주시기를 바라기
때문입니다. 연필로 쓰기, 잘못 간 서로의 길을 서로가 지워
드릴 수 있기를 나는 바랍니다. 떳떳했던 나의 길,
진실의 길. 그것마저 누가 지워 버린다 해도 나는 섭섭할 것
같지가 않습니다. 나는 남기고자 하는 사람이 아닙니다.
감추고자 하는 자의 비겁함이 아닙니다. 사랑하는 까닭입니다.
오직 향긋한 영혼의 냄새로 만나고 싶기 때문입니다.

시. '연필로 쓰기' 全文 - 정진규

41

얼마 전 친하게 지내오던 선배와 만나 이런 저런 세상사 이야기를 나누었습니다. 그러던 중에 사람의 첫인상에 대해 이야기를 나누게 되었는데요, 선배는 사람의 첫인상을 눈과 입술에서 찾는다고 합니다.

사람의 눈을 보았을 때, 항상 눈동자가 고정되어 있는 사람은 별로라는 것이지요. 혼자서 즐기는 사색의 시간이 아닌, 일상생활에서도 시선이 한 쪽으로 고정되어 있는 사람은 세상을 사랑하지 않는 사람이라고 합니다.

사람이 반갑게 인사를 건네는데도 눈은 컴퓨터 화면을 응시하면서 건성으로 인사를 보내는 사람처럼 말이에요. 그런 사람들은 자기중심의 세계관이 강해 자신 외싸의 것들을 사랑할 수 없다는 말이었습니다. 고개를 끄덕였습니다.

두 번째는 입술에서 자주 감탄사가 나오지 않는 사람도 앞의 사람과 같다고 합니다. 자기의 말만 해 버리고 입술을 닫는 사람은 세상을 사랑하지 못하는 사람이라고 하더군요.

다른 사람의 이야기에 귀를 기울이고, 그 사람의 슬픔이나 기쁨에 자주 감탄사를 뱉어 내는 사람은 분명 세상을 사랑하는 사람이라는 것이지요. 다시 고개를 끄덕였습니다.

그러다 곰곰이 생각해 보니 나 자신도 그렇게 살아왔다는 자괴감이 들었습니다. 그대뿐만 아니라 주위의 다른 사람들에게 나도 그런 모습, 세상을 사랑하지 않는 모습으로 보여졌다니…….
그 때 '연필로 쓰기'라는 시가 생각났습니다.

연필로 쓴 생애였다면 한 번쯤은 지워 버리고 싶은 마음이 생기겠지요. 생을 되돌리고 싶다는 마음이겠지요. 그러나 되돌리기, 못났던 기억 지우기가 가능하지 않기에 삶입니다. 삶은 그럴 수 없음으로 귀하고 아름답습니다.

한 번 지나간 바람과, 한 번 지나간 물을 어떻게 되돌릴 수 있을까요.

되돌리고 싶다, 지우고 싶다는 바람은 다시 깨끗하게 사랑하고 싶다는 말인데, 처음부터 백지 상태로 출발하고 싶다는 말인데, 그래도 잘못 쓰여진 지금의 삶 속에서 선명하게 빛나는 이름과, 목소리와, 앞가슴의 상처들을 어떻게 지워 버릴 수 있습니까.

모질게 그것까지 지워 버리고 싶다는 사람의 막바지에는 상처뿐이겠지요. 살아온 날이 살아갈 날보다 많은 사람일수록 그 바람은 뜨거울 것입니다.

삶은 되돌릴 수 없고 못났던 기억들도 지울 수는 없습니다. 지금까지의 삶이 부끄럽고 괴로운 날들이어서 더욱 더 사랑하며 살아야 하는 까닭 하나 깨우쳤다면, 그 삶이 만들어 내는 빛깔은 또 얼마나 아름다울까요.

사랑하지 않는 날들보다 사랑하며 사는 삶이 짧을 수도 있습니다. 그러나 남은 생이라도 귀하게 사랑하며 살다 죽는다면, 얼마 정도의 죄는 지울 수 있겠지요. 못났던 생애를 작게나마 용서받을 수 있겠지요.

내 마음속에 첫눈 내리듯,
사랑하며 살아야 하는 까닭 하나
반갑게 찾아왔습니다.

되돌리고 싶다. 지우고 싶다는 이 말은
다시 깨끗하게 사랑하고 싶다는 말인데
처음부터 백지 상태로 출발하고 싶다는 말인데,
그래도 잘못 쓰여진 지금의 삶 속에서
선명하게 빛나는 이들과, 목소리와.
앞가슴의 상처들을 어떻게 지워 버릴 수 있습니까.

45

007

그대를 기대와
바꾸지 않기 위하여

그대 향한 내 기대가 높으면 높을수록
그 기대보다 더 큰 돌덩이 매달아 놓습니다

부질없는 내 기대 높이가 그대보다 높아서는 아니 되겠기에
내 기대 높이가 자라는 쪽으로
커다란 돌덩이 매달아 놓습니다

그대를 기대와 바꾸지 않기 위해서
기대 따라 행여 그대 잃지 않기 위해서

시, '사랑법 첫째'에서 – 고정희

46

시를 잘 쓰기 위해서 박제가는 이런 말을 했습니다.

"두보의 시를 표본으로 삼은 사람은 시를 잘 쓰지 못하고, 원나라나 명나라의 시를 배우는 사람들은 시를 잘 쓴다."

이상하지요. 시성詩聖이라고 불리는 두보의 시를 읽고 공부한 사람이 시를 잘 쓰지 못한다니요?

그 뜻은 이렇습니다. 시성이라고 불리는 두보의 시를 읽고 공부하는 사람은 다른 시는 거들떠보지 않는 우물 안의 개구리가 된다고 합니다. 그러나 원나라나 명나라의 시로 공부하는 사람들은 그 부족함을 알고, 여러 사람의 시를 읽어, 더욱 넓게 시를 알 수 있다는 것이지요. 물론 두보의 가치를 새삼 확인하는 것은 말할 나위 없고요.

남이 만들어 놓은 좁은 세계에 안주하지 않고 스스로의 세계를 넓히려는 의지, 그것이 박제가가 말하고자 한 것이었습니다.

사랑을 공부하고 익히는 사람은 없습니다.
사랑은 공부하고 익히는 것이 아니라
살아가면서
자연스럽게 터득하는 것이라고
많은 사람들이 생각하지요.

그러나 사랑이 자연스럽게 터득되는 것이라면,

왜 많은 사람들이 사랑에 실패하고 괴로워할까요?

왜 밉다고 너무 아프다고 가슴을 칠까요?

분명, 사랑하는 일은

시를 쓰거나 밥벌이를 위한 노동보다

더 귀하고 어렵습니다.

사랑은 어떻게 단련될까요?

부질없는 기대가 높으면 높을수록 사랑은 어려워
진다는 것이 해답입니다. 사랑하면 기대하게 되고
기대가 높을수록 상대를 그 기대와 비교하게 됩니
다. 어느 순간 높아진 기대 때문에 사랑이 상처를
입게 되지요.

자주 꺾이고,

자주 실패하고,

자주 절망하는

외로운 말들 속에

사랑과 기대가

앞자리에 놓이는 이유는 여기에 있습니다.

꿈과 희망이 먼 훗날에 이루어진다면, 기대는 바로 눈앞의 현실입니다. 서로의 감정이 더 가까이 있다는 것이지요. 부질없이 기대하지 않기 위해 작은 기대를 귀하게 여기고 키워야지요.
작은 기대는 꿈과 희망의 씨앗이기 때문입니다.

기대라는 작은 씨앗이 자주 상처받고 발아가 되기 전에 숨을 눌러 버린다면 꿈과 희망은 없습니다.
거기에 해답이 있습니다.

작은 기대 하나 저버린다고
사랑까지야 무너지겠습니까?
"네, 그렇습니다."

가는 기대 하나 저버린다고
사랑까지야 무너지겠습니까?
"네 그렇습니다"

008

어린아이처럼

죄 짓고 싶다

풀처럼 살아라
내가 이기지 못한 것은 저 풀밖에 없다

시, '풀의 기술'에서 – 조기조

하루만큼 더 늙어진 얼굴로, 하루만큼 글썽임이 지워진 얼굴로 평화
롭게 잘살고 있습니다.
누구는 내 얼굴에서 순결하지 못한 죄를 읽고 가고, 누구는 끔찍 생
각에 빠진 은밀한 눈빛을 읽고 갑니다. 그러면 나는 더 괴로운 얼굴
로 술에 취합니다. 술에 취하지 않는 날이 아득합니다.

설렘이 없는 사랑이
끝장난 사랑이라면
설렘이 없는 삶도
끝장난 것입니다.

소풍을 앞두고 밤잠을 설치는 아이처럼 착하지 못해서가 아닙니다.
늙어가고 마음속의 글썽임이 조금씩 허물어지고 있기 때문입니다.
몸의 상처는 쉽게 눈에 띄지만 영혼의 상처는 쉽게 들키지 않기에,
요 근래 순결하지 못한 몸쓸 생각에 빠진 적이 있습니다.

영원한 자유인, 오방 최흥종 목사님의 일대기 '성자의 지팡이'에 나
오는 한 부분 때문이었습니다. 일제시대에는 친일파로, 광복 후에는
빨갱이 때려잡는 경찰관으로, 양지陽地만을 찾아, 자신의 양심을 버
리며 살아간 정석동이 자신이 괴롭혔던 최 목사를 세월이 한참 흐른
후에 만나 말한 내용입니다.

최 목사님은 존경받는 사람으로, 나는 버림받은 사람으로, 그러나 내 삶을 후회하지는 않습니다. 나는 어떤 비난도 달게 받을 각오가 되어 있어요. 나는 처음부터 가족을 위해 희생하기로 작정을 했으니까요. 나 한 사람 희생한 대가로 가난했던 부모님 호강시켜 드렸고, 다섯 형제들 징용 안 끌려갔고, 저마다 작은 사업체 하나씩 갖고 잘들 살았지요.

네 명의 우리 자식들도 남부럽지 않게 잘 키우고 잘 가르쳐서 큰아들은 교장이고, 둘째는 변호사, 셋째는 의사, 넷째는 공무원이랍니다. 나 한 사람 희생해서 우리 형제 자식들, 이모네 고모네 사촌 모두 잘 살았지요. 그러면 됐지 않아요. 이제 아무것도 더 바랄 것 없습니다.

나는 최 목사님이 존경받는 훌륭한 사람으로 변해가는 것을 볼 때마다, 더 지독하게 나를 희생시켜서 더 많은 혜택을 가족이나 친척들에게 나눠 주려고 했지요. 그리고 또 한 가지는…… 아직 확신이 서지 않습니다. 그 동안 최 목사님이 해 오신 일들이 위선이 아니고 진심이라면 최 목사님은 성자가 분명합니다.

죄송합니다만 아직도 모르겠어요. 내가 잘못 생각했다는 것이 확실해지면 그 때는 나도 하나님을 믿겠습니다.

내 마음 깊숙이 정석돌의 마음이 숨어 있었던 것이지요. 어렸을 때는 작은 상처에도 크게 아파하고 어쩔 줄을 몰라 했습니다. 그 때는 죄가 무서웠고 내 속의 착한 바람들이 내가 저지른 죄로써 꺾일까 봐 두려웠습니다.

그러나 시간이 지나고 내 삶이 어두워질수록 세상 한구석 더럽히고 싶었습니다. 나 한 사람 더러워짐으로써 내 주위의 모든 사람들이 행복해질 수 있다면 그렇게 하고 싶다는 바람들이 커지기 시작한 것이지요.

죄송합니다만
아직도 모르겠습니다.
가난하게 늙어갈수록
순결하지 못한 몹쓸 생각들이
더 자주 찾아옵니다.

이제는 삶이 나를 속이면 슬퍼하고 분노하고 싶습니다.
현실은 항상 슬픈 것이 아니라 항상 행복이면 싶습니다.
젊은 날에는 가난이 마땅하지 않습니다.
젊은 날이 어둡지 않아도 별을 낳을 수 있습니다.

죄에 익숙해진 얼굴, 상처로 마음이 단련될수록 그 옛날 어린 죄인처럼 사소하게 다시 죄짓고 싶습니다. 무엇보다 슬퍼하고 분노해야 할 대상이 나임을, 깨끗이 인정합니다.

죄송합니다.

　　죄 짓고 싶습니다.

　　　풀처럼 쓰러졌다 다시 일어나고 싶습니다.

기어이, 결코, 마침내, 끝끝내,

풀처럼 지지 않고 살고 싶습니다.

설렘이 없는 사랑이
끝장난 사랑이라면

설렘이 없는 삶도
끝장난 것입니다

009

사랑에 대한 공부

다리가 되는 꿈을 꾸는 날이 있다
스스로 다리가 되어
많은 사람들이 내 등을 타고 어깨를 밟고
강을 건너는 꿈을 꾸는 날이 있다
꿈속에서 나는 늘 서럽다
왜 스스로는 강을 건너지 못하고
남만 건네주는 것일까
깨고 나면 나는 억울해지지만

이윽고 꿈에서나마 선선히
다리가 되어 주지 못한 일이 서글퍼진다

시, '다리' 全文 – 신경림

겨울에는 그렇습니다. 새벽 세 시, 불 꺼진 세상에서 혼자 불 밝힌 방은 무덤입니다. 이가 시린 새벽 세 시, 밖에서는 언 빨래들 부딪치는 소리가 똑, 똑, 똑, 들려옵니다. 외롭지 않느냐고 똑, 똑, 똑, 가슴을 노크합니다. 사금파리 같은 눈이라도 내리는 밤이면 속내 깜박이던 불꽃들이 더 반짝입니다.

추운 겨울일수록 사람의 살이 더욱 그립습니다. 서로의 체온이 한여름날에 느끼던 그것과는 비교가 되지 않을 만큼 따뜻합니다. 그래서 추운 겨울밤, 가난한 사람들에게는 돈으로 살 수 없는 큰 위로가 바로 사랑하는 사람의 체온입니다.

사랑하지 않아도 세월은 가고,
사랑받지 않아도 세월은 갑니다.
사랑하고 사랑받고 싶어서,
이렇게 깨어 있는 것입니다.
사랑하지 않고 사랑받지도 못한 반성으로
불면을 안간힘으로 이겨내고 있는 것입니다.

고통을 고통이라고 말하는 것이 두려웠습니다. 차마 내색하지 못하고 아픔을 참았습니다. 고통스러운 날들을 인정해 버리면 내 고통이 그대에게 흘러갈 것 같았습니다. 살아가는 삶의 고통을 차마 고통이라고 말하지 못하며 살았습니다.

사랑을 사랑이라고 말하는 것이 두려웠습니다. 가슴속에서만 그 말들을 키워 왔습니다. 사랑을 사랑이라고 말해 버리면 내 안에서 행복했던 그대가 밖으로 뛰쳐나와 '그게 사랑이야?'라며 비웃을 것 같았습니다.

고통에 취해서, 진실 없는 사랑에 취해서 울고 있을 때, 나는 비밀스럽게 죄 짓고 있었던 것이지요. 그래서 나는 부끄럽게도 그대에게 한 번도 사랑한다고 말하지 못했습니다.

왜 나는 그대의 슬픔을 건너는 다리가 되지 못했을까요?

숱한 짓밟힘을 견디는 다리는
건넘의 미학입니다.
'공무도하가'의 슬픈 내면을 어루만지는 다리,
그대의 마음 문을 노크하기 위하여 건너야만 하는 다리,
그대에게 사랑의 씨앗을 심으러 가는 다리,
용서가 위로가 되는 다리.

그러나 얼마나 많은 사람들이 울면서
이 다리를 다시 되돌아왔을까요.

미안합니다. 그냥 미안합니다. 그대에게 해 줄 말이 참 많은데 오래
도록 기다린 것처럼 툭, 이런 말만 흘러나옵니다.

사랑에 대한 공부가
한참이나 덜 되었으면서도
그대를 사랑했습니다.
그래서 미안합니다.

사랑에 대한 공부가
한참이나 덜 되었으면서도
그대를 사랑했습니다.
그래서 미안합니다.

010

말더듬이 소년이
부르는 노래

우리 모두
잊혀진 얼굴들처럼
모르고 살아가는
남이 되기 싫은 까닭이다

시, '얼굴'에서 – 박인환

벙어리 소녀가 있었습니다. 내 어린 시절 유일한 친구입니다. 항상 술에 취해 사람들 속에 섞이지 못한 아버지와 강가에 오두막집을 짓고 살았습니다. 말더듬이었던 나는 친구들의 따돌림에 항상 외톨이었고요. 삐비꽃 하얀 속살이나 뽑아 먹으며 할 일 없이 긴 강둑길을 걷는 것이 나의 하루였습니다.

봄, 강 물결은 얼마나 아름다운지요.
물비늘에 햇살이 미끄럼 타면
강변의 들풀과 물새들이
눈부신 햇살 속에서 파닥였습니다.
그 눈부신 강변의 풍경 속에
소녀가 있었습니다.
아 아니, 아름다운 소녀가 있었습니다.

벙어리 소녀가 '너 참 귀엽다'라는 표정으로 하늘을 향해 손가락을 가리키면 솜털 구름이 나의 귀여운 얼굴이 되었고요. 내가 '바−바람이 시−시원해'라고 하면 바람이 우리의 머리를 쓸어 주었습니다. 소녀는 강변의 모래에 꿈속에 보았던 천사를 그리기도 하고, 나는 서투르게 'ㄴ−너−너가 ㅊ−처−천사야' 수줍게 말하며 얼굴을 붉히었습니다.

소녀에게 주고 싶어
꽃을 꺾으려고 하면
소녀는 눈살을 찌푸리며 아픈 시늉을 합니다.
말 못하는 것들의 언어를
소녀는 온몸으로 알고 있었던 거지요.

나도 소녀의 언어를 배우고 싶어서 아 아니, 말 못하여 슬프고 아름
다운 것들의 사랑을 배우고 싶어 소녀의 눈길과 손길을 따라 하기
시작했습니다. 소녀는 먼 하늘을 쳐다보거나 하늘을 비치고 있는 강
물을 오래도록 바라보았습니다. 소녀의 눈빛이 하늘과 강물 빛을 닮
은 이유를 비로소 깨닫게 되었습니다.

소녀와 함께 있는 시간에는
나는 더 이상 말더듬이가 아니었습니다.

우리의 서툰 언어와 함께 바람소리, 물소리, 새소리가 화음을 이루어
노래가 되었습니다. 그 노래를 타고 햇살이 곱게 흩날리고요, 강변의
잔돌과 풀잎들이 얼굴을 비비며 서로 외롭지 말라고 다독입니다.

그 아름다운 노래를 부르며, 세상을 빛나게 하는 아
름다움은 스스로가 배경이 되어 더 빛난다는 사실
을 알게 되었습니다.

말더듬이가 더 이상
부끄러움이 아님을 가르쳐준 소녀가
어느 날 훌쩍 제 곁을 떠났습니다.
거짓말처럼 하룻밤 만에
오두막집은 비어 있었습니다.

술에 취한 아버지를 부축하며 언 강을 건너오다, 그만 얼음이 깨져
버렸던 것이요. 살려달라는 벙어리 소녀의 비명은 그냥 거센 바람
소리였고 강물소리였습니다. 아버지를 살리기 위해 끝내 손을 놓지
않았던 소녀는 그 깊은 강물 속으로 가라앉았고요.

그 슬픈 광경을 지켜보던 강변의 작고 아름다운 것들은 말없이 속울
음만 삼키고 있었습니다.

그리고 그 날 이후
나는 쉽게 늙었고
더 이상 말더듬이 소년이 아니었습니다.

세상에서 가장 슬픈 눈을 가진 것은 물고기라고 합니다. 울음소리가
없기에 세상에서 가장 슬픈 눈을 가졌다고 합니다. 물고기를 볼 때
마다 그 소녀가 생각납니다.

지금도 뜻 모르게 슬퍼지는 날들이 많고,
뜻 모르게 속울음 우는 날들이 많습니다.
슬픈 것들은
그 속 깊은 곳에 울음을 품고 있기 때문입니다.

동그라미 그리려다
무심코 그린 얼굴,
동그랗게 동그랗게
맴돌다 가는 얼굴이 있습니다.

동그라미 그리려다
무심코 그린 얼굴,
동그랗게 동그랗게
맴돌다 가는 얼굴이 있습니다,

71

011

사랑은

이별로 끝나지 않는다

그녀의 세상달은
그래, 꽃잎이 난분분 떨어지는 때지
분홍색 소식 하나 팔락이며
손바닥 위로 떨어질 때
나는 그 꽃잎 지는 뒤에 숨어
녹아 없어지고 싶었다

저녁비 지는 꽃처럼
흩날리고 싶을 뿐
날마다 그녀는 죽지 않고서
되돌려져 나서는 길

길목에 섰을 뿐
떠났던 것들을 돌본다는 것은
꽃잎이 질 때마다 새로 배운다

시, '꽃잎 날릴 때' 全文 - 한순

흔들려 꺾인 잎새,
또 한 번의 생을 맞이하고
치열하게 짓밟히기 위하여 꼿꼿이 고개를 쳐듭니다.

흔들림은 모든 그리움의 시작입니다.
티눈 같은 슬픔이
빈 가슴 한 켠에서 죽순처럼 돋아나고
밟아도 밟아도 멍든 이파리만 떨굴 뿐입니다.

사랑도 마찬가지입니다.
그대가 서 있는 풍경 속에서
무심코 얼굴을 돌릴 때,
삐걱거리는 어깨 관절 너머로
싸늘하게 흘러내리는 식은 땀 한 줄기.

그대가 아무리 발버둥치고 벗어나려 하여도,
눈물로써 무릎을 꿇어도
한 번 다가선 사랑은
어느 한 쪽이 끝장나기 전에는
등을 돌릴 수 없습니다.

삶도 마찬가지입니다.
그대가 그대의 기진한
발걸음을 쉬고 싶다 말할 때,
삶은 커다란 소용돌이로 버티고 있을 뿐
좀처럼 희망을 보여주지 않습니다.

이별이란
한 사람이 떠나고
또 한 사람이 남는 것이 아닙니다.
내 기다림 때문에
그대가 아파하는 것은 더욱 아닙니다.

이별이란
몸은 가장 멀리 있지만
생각은 가장 가까이 있는 것.

사랑해 본 사람은 압니다.
이별 후에 무엇이 남는지,
사랑이 이별로 끝날 수 있는 것인지.

이별이란
몸은 가장 멀리 있지만
생각은 가장 가까이 있는 것,

사랑해 본 사람은 압니다.
이별 뒤에 무엇이 남는지,
사랑이 이별로 끝날수 있는 것인지.

76

012

동물도 꿈을 꿀까요?

키작은 선풍기 그 간반감은 하얀 스위치를
나는 발로 눌러 끈다

그러다 보니 어느 날 문득
선풍기 자존심은 무척 상해 있겠구나
하는 생각이 들었다

정말로 나는 선풍기 한테 미안했고
괴로웠다

시, '반성 743'에서 - 김영승

동물도 꿈을 꿀까요?
만약 동물도 꿈을 꾼다면
나는 얼마나 큰 잘못을 저지른 것일까요.

몇 해 전 초겨울이었지요. 막바지 단풍 구경을 위해 산을 올랐습니다. 초겨울의 산을 오르는 일은 몸을 긴장시켰습니다. 낙엽이 서리에 덮여 있어서 등산로가 너무 미끄러웠습니다. 미끄러지지 말아야겠다는 생각만으로 산을 오르니, 발아래 보이는 풍경이나 눈앞의 단풍들을 제대로 바라볼 수 없었습니다.
그 생각은 산허리를 한참 넘어선 후에야 깨달은 것이지요.

잠시 쉬기 위해 넓은 바위에 자리를 잡았습니다. 어느새 안개가 몰려와 스프레이처럼 물의 입자들이 눈앞에 뿌려지고 있었습니다. 이 산도 무슨 말 못할 사연이 있지 않나 하는 생각이 들 정도로 고즈넉했습니다.
그 생각을 깬 건 한 마리 짐승 때문이지요. 등 뒤에서 후다닥 산짐승 한 마리가 뛰쳐나왔습니다. 너무 놀라 그만 엉덩방아를 찧었습니다. 아니, 잘못하면 발아래 깊은 골짜기로 떨어질 뻔 했지요. 너구리 한 마리가 그렇게 놀라게 한 것입니다.

머리끝까지 화가 나서, 눈에 보이는 대로 돌멩이를 주워 그 녀석에게 마구 던졌습니다. 던진 돌멩이 중에 한두 개는 맞췄다고 생각하고는 바위에 앉았습니다.

다시 안개가 몰려와 스프레이처럼 눈앞에서 뿌려지고 있었습니다. 놀란 낯빛을 하고 있는 잎새들은 무슨 슬픈 것을 본 것처럼 잎사귀에 방울방울 눈물을 달고 있었습니다.

그 순간 이런 생각이 들었습니다.
'동물도 꿈을 꿀까?'
만약 그 너구리가 꿈을 꾼다면 그 녀석의 겨울잠은 온통 악몽일 거라는 생각에 머물렀습니다. 그러면 나는 그 녀석에게 얼마나 못된 짓을 저지른 것일까요.

정말 너구리에게 미안했고 괴로웠습니다.

013

눈물 나는 세상을

아름답게 하는 것

아름다운 세상을 눈물 나게 하는
눈물 나는 세상을 아름답게 하는
그대와 나는 두고두고 사랑해야 합니다
그것이 내가 네게로 이르는 길
네가 깨끗한 얼굴로
내게로 되돌아오는 길
그대와 나는 내리 내리 사랑하는 일만
남겨두어야 합니다

시, '그대'에서 - 정두리

스물을
겨울로 사는 사람이 있는가 하면,
마흔을
여름으로 사는 사람이 있습니다.

눈앞의 즐거움으로 사는
마흔이 있는가 하면,
코끝의 땀방울을 바라보는
즐거움으로 사는 스물도 있습니다.

마음이 늙은 사람은
하루가 길고 일 년은 짧지만,
마음이 젊은 사람은
하루가 짧고 일 년은 깁니다.

삶을 가꾸는 방법의 차이는
육체적 나이와는 전혀 다른 의미를 갖습니다.

사람마다 삶의 방법과 의미는 다르지만,
제각기 자기에게 맞는 씨앗을
온몸으로 키워나가는 것이지요.
그리고 자기의 빛깔에 맞는 얼굴을 피워 냅니다.

그것은 조약돌이고 시냇물이고 첫눈일 수 있습니다.

그대와 이별한 상처가
얼굴 한구석에 그늘로 자리 잡고 있습니다.
그 그늘은 좀처럼 지워지지 않아
가끔 내 얼굴의 어둔 그늘에서
그대를 본다는 사람이 있습니다.

그게 싫어서
그늘진 상처를 외로움과 바꿔 버렸습니다.
그대에게 미안하지 않기 위해,
눈물 나는 세상을 안간힘으로 버티기 위해,
입술을 깨물며 눈물을 참았던 것이지요.

눈물은 마음속에서 오는 것,
함부로 쉬이 흘릴 수 없었습니다.
꾹꾹 참아 먼 훗날
그대 앞에서 터트리기 위하여,
착한 늙음을 위하여,
아직 눈물이 남아 있을 때 아껴야지요.
그래서 나는 눈물 대신
코끝에 땀방울을 매달았습니다.

내 스물은 겨울이었지만,
마흔은 여름으로 살고 싶습니다.
그것이 내가 그대에게 이르는 길,
그대가 깨끗한 얼굴로
내게로 되돌아오는 일임을
믿기 때문입니다.

내 스물은 겨울이었지만
마음은 여름으로 살고 싶습니다.
그것은 내가 그대에게 가는 길,
그대가 깨끗한 얼굴로
내게로 되돌아오는 길임을
믿기 때문입니다.

014

예따! 너 가져라!

'언젠가
누군가의 머리핀에서 떨어져 나온 것 같다

저 유치한 민들레꽃!
자, 내게 있다
빛나다

너 가져라!

시, '민들레' 全文 – 이윤학

태어나면서부터 소유하는 것만을 배우는 사람들이 있습니다. 소유
하는 것만 배운 사람들은 자신을 사랑할 수 없습니다. 가진 것보다
가지지 않은 것에 더 집착하므로, 지금 자기가 가진 것을 볼품없어
하지요.

남보다 돈이 많지 않은 것,
남보다 배우지 못한 것,
남보다 건강하지 못한 것,
남보다 사랑받지 못한 것,
남보다 잘나지 못한 것.

이런 것에 집착하다보니 자신을 사랑할 수 없게 된 것입니다. 이런
사람들은 다른 사람도 사랑할 수 없습니다. 세상을 살아오면서 소유
하는 것만을 배웠기 때문에 그것만이 모든 문제를 해결해 줄 것이라
믿기 때문이지요. 그래서 자신이 소유한 어떤 것을 잃게 되면 그 때
부터 불행해집니다.

내가 가지고 있는 이윤학 시인의 두 번째 시집 면지에는 또박또박
쓴 글씨로 이렇게 쓰여 있습니다.

나보다 나를 저주하는 인간은 이 세상에 없다.

이 글을 읽을 때마다 상처받은 어린 짐승이 떠오르는 건 그의 선량한 마음씨를 알기 때문입니다. 자기 자신을 저주한다는 독설을 쓴 시인의 내면을 들여다볼라치면 '민들레'라는 이 시가 떠오릅니다. 그리고 그에게 꼭, 해 주어야겠다는 이야기가 있습니다.

아주 오래전, 아프리카 어느 부족은 아이들을 대상으로 우생수술優生手術을 하였답니다. 장애를 가지거나 건강하지 못하여 다른 부족과 싸울 때, 열등한 아이들을 따로 골라내었습니다. 그리고는 끓는 기름에 집어넣어 죽였다고 합니다. 우생의 아이들만 남게 하여 종족의 번영을 영원히 유지하려는 욕심이지요.

그렇지만
그들은 알지 못하였습니다.
그 우생들 속에서도
또다시
열성과 우성은
영원히 존재한다는 사실을.

세상이 변하면서 열성과 우성의 개념도 수시로 달라지지만, 변하지 않는 것은 열성과 우성의 사람들이 더불어서 함께 살아야 하는 이유입니다.

역사에서 이웃의 개념은 하나의 이웃남자이 다른 하나의 이웃여자과 결합하여 또 다른 이웃2세을 창조해 낸다는 것이 인류의 역사입니다. 여기서 우리가 유념해야 할 것은 인류는 미움이 아니라, 사랑에 의해 유지되었다는 사실입니다. '더불어서 함께 산다'는 의미는 바로 그러한 통찰에서부터 시작되는 것이지요.

열성과 우성이 사람의 마음속에 있고, 그 열성과 우성이 확연히 구분되는 세상에서 쫓기듯 살고 있습니다. 그러나 세상을 버티게 하는 힘은 그 열성과 우성까지도 미움이 아니라 사랑으로 이겨낼 수 있다는 믿음입니다.

겨울나무처럼 벌서듯 살아도
유치한 민들레꽃
서슴없이
'너 가져라' 주면서
살지 않았습니까.

민들레꽃 하나 아낌없이 던져 주지 않는 세상에 대한 반항으로 당신은 당신을 저주한 것이겠지요. 세상의 사랑이 조금씩 허물어갈수록, 그게 못 견디게 싫었기 때문이지요.

그러나 아세요?
아무리 열심히 민들레 뿌리를 뽑아 낸다고 해도 이 세상에 민들레꽃
피어나지 않는 곳이 있습니까? 민들레 꽃씨는 240km까지 날아갑니
다. 아스팔트 틈새, 들판, 화분…… 오늘에 안주하지 않고 내일을 향
해 나아가는 모든 곳에는 민들레꽃이 핍니다.

민들레꽃은
소유할 수 없는 것,
소유할 수 없었던 그대의 마음도
내 마음속에서
우생수술을 할 수 없었던 것이지요.

민들레꽃은
소유할 수 없는 것,
소유할 수 없었던 그대의 마음도
내 마음속에서
환생술을 할 수 있었던 것이지요.

015

내소사 가는 길

꽤 며칠전 팔백리 밖 아화(阿火) 난말에서 띄워 보낸
사랑한다는 말 한마디, 늘 아침 돋움풀과 함께 닿아
내 몸의 숨구멍을 타고 흘러들어 오나, 흘러들어 와 그
말의 술렁이 내심장의 피 덮히며 눈물을 흐르나.
팔백리 밖 밖새운가, 그대 사랑한다는 말의 하늘 길로
또 내 말을 보낸다.
늘밤 권도나 추풍령 산꼭에서 내 말은 사라진다.
사랑한다고 소리치며 떠헤매 가리라. 잠 못들고
뒤척이는 이 나라의 사랑하는 마음들, 한마디씩
씨받아 말 피고 잠든다.

시, '사랑가' 全文 – 이경록

서해바다 변산 근처에는
내소사라는 절이 있습니다.
전나무 숲의 오솔길을 걷다보면
내소사가 나오는 데요.
지친 걸음 멈추게 하는 맑은 약수와
천오백 년 자란 느티나무가
해독하지 못할 문자처럼
그늘을 만들어 내고 있습니다.

잘 익은 홍시 같은 한줌의 햇살과
푸른 눈물 다 흘려 탈색된 단풍에
눈 맞추면
예전에 한 번은 와본 것 같은
착각에 빠지기도 합니다.

그럴 때면 그대가 그립습니다.
세상 살면서 힘들었던 일,
눈 붉히도록 슬펐던 일,
가슴을 치며 억울했던 일,
그런 이야기들로 거칠어진
그대 입술에
맑은 약수 몇 모금 적셔 주고 싶습니다.

살아가는 일이 산처럼 아득할 때,
그 때 내소사에 옵시다.
도둑풀처럼 옷깃에 묻어 있는
불안한 의심을 털어 버리고,
꿈길처럼 아득하게 만납시다.

그대와 꿈속에서라도
걷고 싶은 길,
내소사 가는 길.

그 길 걸으시면
한 천 년 전,
그대 귀밑머리를 흔들던
바람이 다시 불고,
한 천 년 전,
우리의 입술을 적시던
빗줄기를 확인하리라 믿습니다.

내가 그 곳에서
그대에게 흘려보냈던
사랑한다는 말 한마디,
내소사의 바람소리로 그렇게 흐릅디다.

94

내가 그 곳에서
그대에게 들려주었던
사랑한다는 말 한마디,
내 곁사의 바람소리로 그렇게 들리다.

016

사랑하는 마음이

사랑하는 사람을 지켜준다

나의 무덤 앞에는 그 차거운 비(碑)ㅅ돌을 세우지 말라
나의 무덤 주위에는 그 노오란 해바라기를 심어달라
그리고 해바라기의 긴 줄거리 사이로 끝없는 보리밭을 보여달라
노오란 해바라기는 늘 태양 같이 태양 같이 하던 화려한 나의
사랑이라고 생각하라
푸른 보리밭 사이로 노고지리가 있거든 아직도
날아오르는 나의 꿈이라고 생각하라

─청년화가 L을 위하여

시. 해바라기의 비명 全文 ─ 함형수

96

몇 해 전, 여수에 있는 향일암에 갔었습니다. 향일암에 오르기 위해서는 가파른 산길을 올라 집채만 한 바위 두 개 사이로 난 바위굴을 지나야 합니다. 칠흑같이 어두운 바위굴을 지나고 나서야 만나는 향일암의 절경은 가슴을 먹먹하게 하지요.

향일암의 꼭대기는 거북의 등처럼 무늬가 새겨 있는 돌거북들이 유난히 많습니다. 바다를 향해 있는 거북들은 모두 소원성취의 의미를 담고 있습니다. 해를 바라본다는 향일암의 뜻처럼 태양을 바라보며 그 많은 돌거북들은 무얼 그리 간절히 바라는 걸까요?

그 돌거북에서 조금 떨어진 바위틈에서 우연히 조그마한 깡통 하나를 발견하였습니다. 깡통은 많이 부식되었지만, 그 속에는 아직 읽을 수 있는 편지 한 장이 들어 있었습니다. 초등학교 때 많이 하던 10년 후의 '자신에게 편지 쓰기'는 아닌 것 같고 분명, 어떤 연인들이 사랑의 마음을 편지로 남겨 둔 것 같았습니다.

이름 모를 연인들이 남겨 놓은 사랑의 맹세가 나를 충분히 슬프게 했습니다. 나는 그 때 사랑에 지쳐 있었고, 상처 입은 짐승은 언젠가는 꼭 다른 짐승에게 상처를 준다는 말을 머릿속에 심어 놓고 있었습니다.

어쩌면 사랑한다는 것은 상처받는 것을 허락한다는 것인지 모르겠습니다. 사랑으로 상처를 받은 사람은 꼭 다시 다른 이에게 사랑으로 상처를 줍니다.

젊은 날의 사랑이 얼마나 은혜로운지 깨우치는 것은 먼 훗날입니다. '내 사랑 피카소'를 쓴 피카소의 젊은 날의 연인도 이런 말로 피카소를 회상했었지요.
"처음 피카소가 그림 공부를 위해 파리로 왔을 때 그는 젊었고, 열정적이었으며, 가난하였다. 그가 유명해지면서 나를 떠났지만, 그 후 많은 여인들이 피카소의 곁에 있었지만, 그들은 젊은 날의 피카소를 알지 못하리라. 그들이 나보다 피카소의 사랑을 더 많이 받았을지는 모른다. 그러나 젊고, 가난하고, 열정적이었던 젊은 날의 피카소는 나 외에는 아무도 기억할 수 없으리라."

남도 끝자락에 있는 향일암이라는 조그마한 암자의 바위틈에서 발견한 어떤 연인들의 편지에는 상처가 없었습니다. 상처받지 않는 연인들의 맹세가 태양 같이 태양 같이 빛나고 있었습니다.

사랑하는 마음이
사랑하는 사람을 지켜준다는 말을 믿습니다.

사랑하는 마음이
사랑하는 사람을 지켜준다는
말은 미신입니다.

가물가물 오랜 기억의 언덕을 넘어서 가면
지금도 저 작은 액자 속에서처럼
함께 웃고 싶은 사람

첫번지 늙지 않을 사람
첫번지 슬프지 않을 사람
아주 오랜 세월이 흘러도 추억 밖으로 나오지 않을 사람

시, '환한 웃음'에서 – 이명기

017

내 외로움을

증명하기 위하여

100

저는 반명함판 사진을 모아 두는 버릇이 있습니다. 사람들은 대부분 반명함판 사진을 오래도록 보관하지 않지요. 반명함판 사진은 이력서를 쓸 때나 이런저런 증명을 할 때만 필요한 것이므로, 때를 맞춰서 찍고 사용한 후에는 따로 모아 두지 않기 때문입니다.

그러나 반명함판 사진을 시간 순으로 모으다 보면 다른 사진에서 볼 수 없는 삶의 이력을 엿볼 수 있습니다.

우리가 보관하고 있는 사진들의 대부분은 즐거웠을 때의 기억들입니다. 초상난 집에서 그 날을 추억하기 위해 사진을 찍지는 않습니다. 사진첩 속에 들어 있는 사진들은 대부분 즐거웠던 기억들입니다. 유년의 시절은 그만두더라도 남겨진 사진들 대부분은 설렘입니다.

가끔 사진첩을 들춰볼 때가 있습니다. 그 속에 지금은 낯설어진 모습이 있습니다. 사진 속의 그들은 모두 행복합니다. 행복했던 순간들, 설렘으로 가득 찼던 그 시절이 고스란히 파닥이고 있는 것이지요.

그러나 그 시절의 사진을 찢어 버리는 사람도 있습니다. 대부분 연애와 관련된 일이겠지만, 그 아름다운 시절을 찢어 버리고 싶은 마음이라면, 그 날의 기억들을 가슴속에 아프게 새겨 넣은 사람들입니다.

가슴 아프게 헤어진 사람들도
사진첩 속에는 행복한 표정으로
고스란히 남겨져 있습니다.

영원히 늙지 않을 사람들,
영원히 이별하지 않을 사람들,
영원히 슬프지 않을 사람들이
턱하니 버티고 서 있는 것이지요.

오랜만에 사진첩을 들춰봐야겠습니다. 그네들을 만나야겠다는 생각
만으로 옛날의 얼굴들처럼 낮달이 반갑습니다. 네 귀퉁이가 닳아진
사진 밖에 서성이던 그 날의 아픔과 방황이 반가운 손님처럼 찾아왔
습니다.

그대를 떠나보내고
홀로 지낸
내 외로움을 증명하기 위해
그만큼 늙은 모습으로
그만큼 이별한 모습으로
반명함판 사진이라도
몇 장 찍어야 할 것 같습니다.

숨기고 싶은
슬픔이 많을수록
반명함판 사진은 무표정입니다.

또 그렇게
삶의 이력 하나 보탭니다.

그대를 떠나보내고
홀로 지만
내 외로움을 주면하기 넘해
그만큼 늙은 모습으로
그만큼 이별한 모습으로
빙뗑한만 사진이나도
몇장 찍어야 낫는 것 같습니다.

숨기고 싶은 슬픔이 많은수록
빙뗑한만 사진은 무품정입니다.
또 그렇게
삶의 새벽 하나 보탰습니다.

018

독한 놈!

빵집은 쉽게 빵과 집으로 나눌 수 있다
큰길가 뉴타운 등 빵집 닫혀지 않고 거기 쪽 크레파스로
아저씨 아줌마 형 누님
우리집 빵 사가세요
아빠 엄마 좋아요, 라고 쓰여진 걸
붉은 신호등에 멈춰 선 버스 속에서 읽었다 그래서
그 빵집에 달콤하고 부드러운 빵과
잘 거절하는 아이가 함께 있는 걸 알았다

나는 자세를 반듯이 고쳐 앉았다
못 봐왔지만, 비뚤비뚤하지만
마침내 꾹꾹 눌러 쓴 아이를 떠올리며

시, '빵집' 全文 - 이면우

107

나무와 나무가 어깨를 기대듯이 흙과 물이, 햇살과 바람이, 사람과 사람이 어울려 아름답습니다. 참 자연스럽습니다. 함께 어울려 자연스러워지고 싶었던 사랑. 김치와 고구마 때문에 울어 버린 강화도에 사는 한 시인의 이야기입니다.

시인이 강화도에 터를 잡은 것은 여자에게 버림받아서라는 둥, 자살을 꿈꾸기에 섬이 안성맞춤이라는 둥 여러 소문이 흘러 다녔지만 사실은 생활 때문이었습니다. 몸 하나 누일 방 한 칸을 강화도에 마련했기 때문이지요. 강화도에 자리를 잡기 시작한 후부터 헝클어진 머리와 한참 울고 난 뒤의 눈빛으로 들판과 산을 쏘다녔습니다.

섬사람들 특유의 외지인에 대한 경계심 때문인지, 마을 사람들은 시인을 이방인으로 대했지요. 그럴수록 시인은 마을 사람들의 눈빛에 벗어난 곳들을 헤집고 다녔습니다.
그래서 시인은 슬펐습니다.

그 해 봄이 가고, 여름이 가고 시인의 뒷모습이 마을 사람들에게 익숙해질 즈음에 가을이 왔습니다. 결정적인 건 아직도 시인은 외로웠고 혼자라는 것이었습니다.

복어의 독은 알을 보호하기 위해서입니다.
사랑하는 아이들 때문에 담배를 끊었다는

어느 가장의 독한 마음도 그와 같습니다.
가을이 성큼, 시인의 앞마당에 들어섰을 때
시인은 독해져 있었습니다.

하룻밤 사이였습니다. 시인의 독한 마음이 만들어 낸 기적이었지요.
강화도 조그마한 마을은 온통 코스모스 꽃밭이 되어 있었습니다. 신
작로와 오솔길, 산과 들뿐만 아니라, 사람의 눈길에 벗어난 외진 곳
까지 시인이 지나간 자리에는 모두 코스모스 꽃이 피어 있었습니다.

봄부터 시인이 흘려보낸 것은
외로움이 아니라
코스모스 씨앗이었습니다.

그 날 밤이었습니다. 시인의 앞마당에는 김치와 고구마 한 소쿠리가
놓여 있었습니다. 마을 사람들의 미안한 마음의 표현이었지요. 김치
와 고구마 한 소쿠리를 끌어안고 울고 있는 시인을 보고, 나는 한마
디 툭 던져 주었습니다.

독한 놈!

019

외롭게

똥을 누는 남자

똥소리를 더 멀리 내보내기 위하여
똥은 더 아파야 한다

시, '농담'에서 – 이문재

아픔이 아름다울 수 있을까요?

아픔을 가슴 먹먹하게 감상하는 사람이 있습니다. 아픔은 그 아픔과 무관한 사람에게만 아름다운 것입니다. 아픔을 구경하는 사람에게는 아픔이 클수록 더욱 아름답게 보이지요.

아픔이 아름다운 것은
나의 아픔이 아니기에 아름답고,
고통이 아름다운 것은
나의 고통이 아니기에 아름답습니다.
그래서 아름답다는 말처럼
잔인한 것은 없습니다.

자신이 가장 초라하여 이 세상과 안녕하고 싶을 때가 있습니다. 그럴수록 사람은 아픕니다. 사람들의 마음 한구석에는 자신의 아픔보다 더 깊은 아픔을 보고자 하는 마음이 있습니다.

젊은 날 백석이란 시인의 시를 읽었습니다. 너무 아픈 사랑은 사랑이 아니라는 노래가사를 입에 달고 다니던 시절이었지요. 그 젊은 날, 나는 백석의 시 구절을 그 노래를 대신하여 중얼거렸습니다.

하늘이 이 세상을 내일 적에 그가 가장 귀해하고 사랑하는 것들은 모두 가난하고 외롭고 높고 쓸쓸하니 그리고 언제나 넘치는 사랑과 슬픔 속에 살도록 만드신 것이다.

나의 아픔 한 조각 떼어 내어 그대에게 보낼 때마다 그대의 손길 자꾸 내 마음속을 쓰다듬었습니다. 나는 그대에게 아픔을 흘려보내고, 그대는 나에게 사랑하는 마음을 흘려보냅니다.

어리석게도 아픔이 그대에게 자랑스러웠던 거지요. 아픔은 아픔이 무관한 사람들에게 아름다운 것이라면 나는 그대에게 얼마나 볼품 없었던 걸까요.

이제 나와 무관한 그대,
지금 그대의 기억 속에 나는 아름답나요?

그대가 떠나갔을 때 나는 진실로 절망하였고, 그 절망의 몸짓들이 구차하기 싫었습니다. 서러움이 깊어지면 눈물이 나온다고 하지만 나는 눈물이 나오기는커녕 한 줌의 습기조차 없는 메마른 눈을 가지고 있었습니다.

그대가 내게서 떠나간 것이 아니라
내가 그대를 새처럼 자유롭게 해 주었습니다.

숨기지 않겠습니다. 그대가 떠나간 후, 화장실에서 외롭게 똥을 누
는 버릇을 가지게 되었습니다.

호호 불면 뜨거운 바람 나오고
후후 불면 차가운 바람 나오듯이,
엉엉 울지 않고
오래도록 외롭게 아파하겠습니다.
그것이
그대를 내 기억에서 놓지 않는 일입니다.

힘이 있어야
오래 똥을 누고,
오래 울 수 있고,
오래 그리워할 수 있습니다!

113

힘이 있어야
오래 꿈을 꾸고,
오래 줄 수 있고
오래 그리워할 수 있습니다!

020

거짓으로 사랑한다는 것은

미워한다는 것

그대는 살아보았는가. 그대의 삶이란 사랑을 그리워하는
사람일 뿐이다. 만일 타인의 기쁨이 자네의 기쁨
뒤에 온다면 그리고 타인의 슬픔이 자네의 슬픔 뒤에
온다면 사랑은 헛창 생 뒤에 온다.

시, '사랑의 꿈'에서 - 정현종

'후회는 항상 늦게 온다. 후회는 생의 막바지에 온다.'
쉽게 이해가 되는 말입니다. 그런데 후회를 사랑으로 바꾸어보면 이해가 올 듯 말 듯 하지요.

후회할 것을 알면서도 후회할 일을 하는 사람, 울 것을 알면서도 울 일을 하는 사람이 어디 있겠습니까. 그래서 후회와 울음은 항상 문제가 생긴 다음에 오는 것입니다.

그렇다면 사랑은 어떻습니까.
항상 생 앞에 있는 것이 사랑이고, 사랑하고 나서 후회이지만, 생의 뒤편에 자리한 사랑은 어떻게 이해해야 할까요?

'그대의 사랑은 사랑을 그리워하는 사랑일 뿐이다.'
많은 사람들의 사랑 방식입니다.

사랑을 그리워하며 한 생애를 살다가 뒤늦게 후회하고, 울음 우는 사랑을 반복하고 있습니다. 여기서 말하는 사랑의 개념은 이기적인 사랑을 말합니다.

그 사람에게 가지 못하고,
나를 위한 나의 고통,
나를 위한 나의 희생만으로 산 사랑이
'사랑을 위해 사랑을 그리워한' 것이지요.

거짓으로 사랑한 결과가
결국은 생을 파먹고
자신을 무너뜨리는 것임을 깨우치는 것이지요.

'거짓으로 사랑한다는 말은 곧 미워한다' 는 것입니다.

그대 기쁨을 내 기쁨 뒤에, 그대 슬픔을 내 슬픔 앞에 둔다는 것은
나의 고통으로 다른 이들이 행복해진다는 것입니다. 나의 희생으로
다른 이의 영혼이 살찌워진다면 그것이 풀이든, 바람이든, 사람이
든, 무슨 상관이 있겠습니까.
생 뒤에 오는 사랑을 겸허하게 받아들일 수 있다면······.

'거짓으로 새롭다는 말은 곧
마음하다는 것입니다.

119

021

귀 기울여 보세요

누가 지금
문밖에서 울고 있다
인적 뜸한 산언덕 외로운 묘지처럼
누가 지금
쓸쓸히 돌아서서 울고 있는가

시, '애인'에서 - 장석주

충북 음성에 가면 무술이라는 조그마한 마을이 있고, 마을 뒤편 낮은 야산에 한 쌍의 황새가 살고 있었습니다. 사람들이 모여 살듯 황새들도 이 곳 야산에 모여 살았는데요, 어느 날부터 황새의 수가 점점 줄어들더니 결국엔 단 한 쌍만이 남게 되었답니다.

어느 날, 그 마을에 사냥꾼이 찾아와서 그들의 사랑에 날벼락을 쏘았습니다. 수컷은 그 자리에서 총에 맞아 죽고 암컷은 겨우 살아남아 도망쳤다고 합니다. 그러나 한 달도 채 되지 않아 암컷은 그들의 사랑자리를 다시 찾아왔다고 하네요.

제깟 미물의 우연이라고 별 눈길을 주지 않았는데, 언제부턴가 밤마다 울어 제끼는 울음소리가 이상하게 사람의 서러운 울음소리와 사뭇 닮아 가더라는 것입니다.

암컷 황새는 해마다 무정란의 알, 무정란의 사랑을 제 앞가슴으로 품었습니다. 그 후로 오랫동안 12년인가를 품었다고 합니다. 그러나 부화하지 못한 건 사랑의 해후였고, 이름 되어진 건 수절이라는 인간적인 단어였지만, 마을 사람들은 한낱 미물의 짓 이상의 사랑을 보았다고 합니다.

우리 시대의 영리한 사랑과 반대되는 황새의 사랑을 보면서, 달라지는 사랑의 의미를 곰 곰이 되씹어 보며 슬펐습니다.

어느 날 농약에 중독된 과부 황새를 마을 사람들이 발견하여 과천 서울대공원으로 옮겨진 뒤 나머지 생을 살았다고 합니다. 그러나 사 람들처럼 슬픔을 자위할 수 없었던지 다시는 울지 않았다고 하네요.

마을 사람들의 얘기로는
과부 황새가 떠난 이후에도
속에 것 줄줄이 토해 내는
서러운 울음소리가
밤마다 환청처럼 들렸다고 합니다.

귀 기울여 보세요.
그대 때문에
누가 울고 있지 않는지.

귀 기울여 보세요.
그대 때문에
누가 울고 싶지 않는지.

022

아프지 않은 사랑

아직 그대는 행복하다. 괴로움이 그대에게 있음으로 그러나
언젠가 그가 그대를 떠나려 하면 그대는 걷잡을 수 없이
불쌍해질 것이다. 괴로움이 그에게는 힘이 될 것이다

시, '이별 2' 全文 - 이성복

몇 주 전에 친구의 결혼식에 다녀왔습니다. 아주 오래전에 헤어졌던 옛 애인과 다시 만나 결혼한 친구이지요. 나의 축하한다는 말을 대신하여 친구가 나에게 했던 말이 가슴을 아프게 했습니다.
"후회하지?"
왜 너도 나처럼 잃어버린 사랑을 당당하게 찾지 못하고, 그리워만 하느냐는 핀잔의 말이었지요.

친구는 20대에 헤어진 연인과 다시 만나 결혼을 했습니다. 아니 20대의 그 젊은 날로 돌아간 것이지요. 그 때 한동안 볼 수 없었던 친구의 모습을 보았습니다. 펑펑 쏟아지던 함박눈을 바라보며 해바라기 하던, 여름날 쏟아지던 햇살 아래서 눈바라기 하던 그 엇갈린 친구의 표정을 다시 보게 된 것이지요.

"후회하지?"
후회하지 않습니다. 다만 화장실에서 흔히 볼 수 있는 단어, '사용한 후 눌러 주세요'라는 카피처럼 나도 깨끗이 그대를 잊을 수 있기를 바랄 뿐입니다. 눈물로 깨끗이 씻어 내렸지만 쉽게 지워지지 않는 얼룩처럼 쉽게 그대를 잊을 수 없었지요.

힘들고 괴로웠던 지난날을 잊을 수 없는 건, 내가 그대에게 보낸 괴로움의 이유 때문입니다. 어리석었던 날들이었지요. 그 때 내 입술에서 묻어 있던 괴로움의 말들이 지금은 잘 기억나지 않습니다.

내가 그대에게 보냈던 괴로움 때문에
그대가 불행해진다면
나는 그대에게 옮아온 그리움 때문에
불행할 것입니다.

내게서 떠나 그대에게로 옮아간 괴로움, 잘 이겨내고 계시지요. 그대에게서 옮아온 그리움, 이제 많이 지워졌습니다. 생각해 보면 내가 그대에게 보낸 괴로움으로, 나는 그대에게 옮아온 그리움으로 삶을 견뎌 낼 수 있었던 것이지요.

"그대 잘 지내나요? 힘들지 않나요?"
나는 지금 행복합니다. 후회하지 않는다는 말은 아닙니다. 지금은 예전의 그대만큼 지키고 싶은 사람이 있다는 말이에요. 후회하는 행복이 있다는 걸 깨달은 거죠.

"그대 잘 지내나요? 외롭지 않나요?"
나는 지금 행복합니다. 외롭지 않다는 말은 아닙니다. 지금은 예전
으로 돌아가기 싫을 만큼 사랑하는 사람이 있다는 말이에요. 아프지
않은 사랑이 있다는 걸 깨달은 거죠.

한때는 이별은 벽이었지요.
깨뜨릴 수도 없는 벽이었지요.
그 벽을 깨뜨리고 만난 사랑이,
그대가 아닌 지금의 사랑이지요.

"안녕, 그대도 나처럼 아프지 않은 사랑을 하고 있나요?"

내가 그대에게 안겼던 괴로움 때문에
그대가 불행해진다면
나는 그대에게 했었던 그리움 때문에
불행할 것입니다.

023

착하게 사랑하지 못한

나를 나무라다

목련나무는 봄부터 가을까지
제 그늘을 묵묵히 키워 가고 있었고
어느날 문득,
앙상하게 아름다운 그늘을 내게 보여주었다
제 몫의 그늘을 그리고 또 지우며
나무는 나를 나무라고 있었다

시. '아름다운 그늘'에서 - 배정원

130

그대를 생각하다
목련이 떠올랐습니다.
그대를 만났던 젊은 날의 교정校庭에는
목련이 있었고,
목련보다 눈부시던
그대의 흰 목이 있었습니다.

그러나 목련의 눈부심만을 바라보던
나의 눈길 때문에
그대가 떠났다는 진실을 깨달은 것은
뒤늦은 후회입니다.

내가 바라보아야 했던 것은
목련의 눈부신 꽃과 이파리가 아니라,
나에게 제 몫의 아름다움을 다 주고 남은
그대의 앙상한 그늘이었습니다.

그대의 사랑을 깨닫기 위해서는
시간이 필요했던 것이지요.
사랑을 제대로 바라볼 수 있는
기다림의 시간이 필요했던 것이지요.

그러나 아쉬운 일이지만
젊은 날에는
그 시간을 기다리기 전에
꽃을 피우고, 이파리를 피우고 싶은 마음이
더 간절했다는 것입니다.

한낱 목련이 진들,
한낱 이파리 한 잎 떨어진들
무에 그리 슬플까요?
기쁜 것들 다 줘 버리고
땅바닥에 엎드려 있는
앙상한 그늘을 생각하면
참으로 슬퍼지는데요.

그대를 처음 보았을 때, 세상에 이렇게 아름다운 사람도 살고 있구나
생각했지요. 아기의 밤 딱지처럼 눈부시던 그대의 볼과 어린애
같은 눈도 좋았지만 그대 말씀의 전부는 해맑은 미소였습니다.
그 미소에 내 마음은 송두리채 빼앗겨 버린 것이지요.

말씀의 절반이 해맑은 미소였던 그대와 헤어졌을 때, 세상에서 빛나는 귀한 말씀 하나 떠올렸습니다. 그대를 떠나보내지 않을 수 있었던 사랑의 기교를 뒤늦게 배운 것이지요.

'눈으로 사랑하지 말고 귀로 사랑하라.'

눈으로 맺은 사랑은 쉽게 유혹받고 쉽게 열정을 보내지만, 귀로 만난 사랑은 애린 가슴 속 슬픔을 듣는 것입니다.

사랑을 이유로 흘러 보내던
내 속의 강물은
이제 다 퍼내어 목마릅니다.
목마를수록 자꾸 돌아가고 싶은데,
그럴 수가 없습니다.
나도 꽃처럼 지는 사랑으로 살고 싶습니다.
한 목숨 아낌없이
제 몫의 아름다움을 다 주고 남은
앙상한 그늘이 되고 싶습니다.

그대를 생각하다가
목련이 떠올랐습니다.
그대가 나에게 보냈던 젊은 날의 헌화가 아니라
내가 떠나간 후,
앙상하게 울고 있을 훗날의 그대를 생각하면
많이 아픕니다.

지금도 그대는
착하게 사랑하지 못한 나를 나무라듯,
제 몸의 그늘을 지우고 또 지우며
나를 나무라고 있습니다.

지금도 그대는
착하게 사랑하지 못한 나를 나무라듯,
제 몸의 그늘을 지우고 또 지우며
나를 나무라고 있습니다.

024

뒤늦은 연애 편지

사랑은 기다리는 게 아니라
한 발자국씩 찾으러 떠나는 거라고
그 뜨거운 연애편지에는 지금도 쓰여 있다네

시, '연애편지'에서 – 안도현

술에 흠뻑 취해도 아침이면 거뜬히 일어나던, 무모해 보이더라도 불꽃처럼 도전하던, 첫눈 내리는 날 만나자는 약속 때문에 달음질치던, 이제 그런 날들은 다시는 안 오겠지요.

그 젊은 날을 보내고 조금은 늙은, 조금은 철이 든 사내가 작은 용기를 내어 그대에게 보내는 편지입니다.

사랑한다는 고백을 하지 못하는 것보다
그대가 내 사랑을 알지 못하는 것이
더 괴로운 일인 줄 알기에
이제야, 용기를 냅니다.

우리의 화음은 항상 엇갈렸지요. 내가 '라'를 노래하면 그대는 '도'입니다. 내가 다시 '도'를 부르면 그대는 '미'입니다. 언제나 우리의 어울림은 슬픈 단조의 화음이었습니다. 같이 어울리면서도 똑같은 음을 노래한 적이 한 번도 없습니다.

유리창에 찍히는 눈발처럼
점점이 찍힌
우리의 음계는 사랑이었을까?
언제나 그대와의 입맞춤은
눈송이를 먹는 듯 차가웠지요.

'사라지듯 사라지듯'
우리 사랑의 리듬은 모렌도입니다.

겨울보다 빠르게 스쳐간 사람, 눈송이보다 빠르게 사라져 버린 노래. 내가 그대에게 사랑을 노래하면, 그대의 노래는 언제나 이별입니다.
차마 적을 수 없는 악보였습니다.

언제나 입술을 깨무는 건 나였지만
괴로운 것은 그대였지요.
짐짓 괴로운 표정을 지어 보였지만
그대의 마음속으로
한 번도 들어가지 못했습니다.

그래서 나는
그대에게 버림받았습니다.
참 잘된 거라고
비둘기 떼들 박수를 치며 하늘을 날았지요.

그대가 나를 깨끗이 잊은 후에야 알았습니다. 내가 그대에게 해 줄 수 있었던 것은 이 세상에 존재하지 않는 것이 아니었습니다.

고즈넉한 일요일 오후,
세숫대야에 따뜻한 물을 받아
그대의 발을 씻어 주고 싶고,
봉숭아 끝물이 남아 있는
손톱을 깎아 주고 싶습니다.
제 다리 위에 그대의 얼굴을 올려놓고
귓밥도 파주고 싶습니다.
햇살이 깔깔대며 '보기 좋네요' 웃고
바람이 '토톳' 노크하고 갈 것입니다.

몇 번의 사산死産한 씨앗을 버린 가을이 이악하게 빛날 때, 제 입술에
서 뿌려진 말은 "다시 한 번 너를 사랑하고 싶다."는 것이었지요.

내가 그대에게 해 줄 수 있었던 것은
눈길을 잡아끄는
화려한 것들이 아니었습니다.
빛나는 열매가 아니었습니다.

그대가 나라는 생각,
그렇게 쉬운 것이었지요.

세월이 흐른 후
조금은 늙은, 조금은 철이 든 사내가
그대 엄마의 첫째 딸에게 보내는
뒤늦은 연애편지입니다.

내가 그대에게 해 줄수 있었던 것은
눈길을 잡아끄는
화려한 것들이 아니었습니다
빛나는 열매가 아니었습니다.

그대가 나라는 생각,
그렇게 쉬운 것이었지요.

025

ㅅㄹㅎ○

그리고 곧 날이 저물었다
처음 세상에 온 별 하나가
그 날 밤 가득 내 눈썹 한 끝에
서린 꽃나무를 데려다 주었다

날마다 그 꽃나무들 위에
비가 내리기 시작했다

시, '첫사랑'에서 - 류근

없던 술버릇이 하나씩 생길 때마다 갈 수 없는 술집이 늘어나는 시인이 있었습니다. 갈 수 없는 술집이 하나씩 늘어날 때마다 시인은 슬펐고, 슬플수록 술을 푸는 날들이 많아졌지요. 시인이 '중경삼림'의 걸음걸이로 허공에 큰 선을 그으며 넘어지면 사람들은 모두 도덕주의자가 된 듯, 따가운 시선을 던졌습니다. 사람들은 시인을 볼 때마다 불현듯 '도덕'이라는 단어가 떠올려지나 봅니다.

지금이야 가난했던 날들을 이기고 건실한 실업가로 성공한 그지만, 몇 해 전까지만 해도 시를 핑계로 인생을 형편없이 산다는 말을 자주 들었던 시인입니다. 가끔 가난했던 날들의 최고의 술안주였던 계란부침이 먹고 싶다고 불쑥 찾아오는 날들이 많지만, 지금의 그가 있었던 것은 그를 믿고 지켜 주던 한결같은 믿음, 첫사랑 때문입니다.

그를 키웠던 전부를 이해시키기 위해서는 꼭, 이 이야기를 들려주고 싶습니다. 혹여, 술집에 아는 사람이 없나 기웃거리던 초라한 시인의 이야기입니다.

늦은 가을날이었습니다. 친하게 지내오던 그와 술 한 잔하였습니다. 그와 친하게 지낼 수 있었던 이유는 그와 나와의 유일한 동질성 때문이었지요. 약한 자가 갖는 싸우지 못하는 선량한 자존심이 그와 나와의 유일한 무기였습니다.
얼근히 취한 시인이 탁자에 물건 하나를 툭, 던졌습니다. 귀가 닳은 오래된 통장이었습니다. 통장에는 1~2만 원 정도의 작은 돈들이, 일주일이나 열흘에 한 번씩 입금되어 있었습니다. 그런데 이상한 것은 입금인의 이름이었습니다. 입금인 난에는 일곱 글자가 채 넘지 않는 글들이 돈을 입금할 때마다 기록되어 있었습니다. 입금인 난의 글자들을 순서대로 읽으면 하나의 편지가 되었습니다.

서로의 눈빛을 섞어 그 한 편의 편지를 읽고 있을 때, 시인의 눈에는 작은 바다가 걸려 있었습니다. 그 눈물을 보면서 문득 이런 생각을 했습니다.
'첫사랑은 기차를 향해 버짐 핀 손을 흔들던 어린 날의 동경과 비슷하다.'

사실 이런 기억은 이 시대를 살아가는 어른들의 동화童話 속에서는 흔합니다. 하지만 버짐 핀 손을 흔들던 서툰 사랑을 오래도록 가슴에 안고 사는 사람은 많지 않습니다. 그래서 첫사랑을 이야기하며 술을 마시는 사람들을 볼 때면 무작정 그들에게 끼어 함께 취하고 싶습니다.

어린 날의 부끄러움과 같은 서툰 사랑의 출발점은 첫사랑입니다. 그리고 첫사랑은 그 이름의 값만큼이나 어렵습니다.

나는 한때 첫사랑을 잊고 살았습니다. 잊고 산 게 아니라, '그런 사랑이 있었나?' 의심할 정도로 가슴이 굳어져 있었던 것이지요. 그러나 시인처럼 첫사랑을 잊지 못하는 사람들이 있습니다. 주민등록증처럼, 일기처럼, 유품처럼 버리지 못하고 있는 첫사랑의 아픔을 볼 때면 두근두근 가슴이 뜁니다.

평생을 연습하며 살아도
가슴 아픈 말이
이별하자는 말인데,
첫사랑이 준
첫 이별의 아픔을 어떻게 잊겠습니까.

시인이 오래도록 간직한 귀가 닳은 오래된 통장을 보면서, 나에게도 잊었던 옛날의 첫사랑이 슬며시 고개를 들었습니다. 힘내라고 다독이던 그 옛날의 사랑이 '안녕'하며 인사를 한 것이지요.

우리 모두의 가슴에는 첫사랑이 있습니다. 잊고 사는 것뿐이지요. 통장에 찍혀 있는 그 시의 끝 부분이 오래도록 내 머릿속을 떠나지 않았습니다.

ㅅㄹㅎ

평생을 연습하며 살아도
가슴 깊은 말이
이별하자는 말인데,
첫사랑이 준
첫 이별의 아픔은 어떻게 씻었습니까.

026

쩡, 쩡, 쩡,

'빈 울림의 사랑'

겨울 강에 나가
허옇게 얼어붙은 강물 위에
돌 하나를 던져본다
쩡, 쩡, 쩡, 쩡, 쩡,

강물은
쩡, 쩡, 쩡,
돌을 튀기며, 쩡,
제가 무슨 바위나 된다는 듯이
쩡, 쩡, 쩡, 쩡, 쩡,

시, '겨울강'에서 – 박남철

부엌에서 혼자 비빔밥을 먹고 있는데 담 넘어서 '개팔아라! 고양이 팔아라!' 중년의 막걸리 같은 목소리가 들려 왔습니다. 몇 달 전까지만 해도 '개 파이소! 고양이 파이소!' 하던 사람이 언제부터 당당하게 '개 팔아라! 고양이 팔아라!' 하게 되었을까요. 이렇게 가다간 '사람 팔아라!' 할지 모른다고 생각하니 온갖 반찬으로 버무린 비빔밥이 개밥으로 보였습니다.
이럴 때면 내가 개가 아닌가 착각할 때가 있습니다.

사랑도 착각할 때가 있습니다. 내 사랑이 사랑의 전부라고 떵떵거리는 사랑이 있습니다. 그래서 너는 내 안에서만 행복할 거라고 강요하는 것이지요. 서로가 주는 사랑에 길들어져서, 받는 사랑에 익숙해져서 서로의 사랑에 기대를 하게 됩니다. 그럴 때 사랑 사이에는 상처가 생깁니다.

가장 견디기 힘든 것은
그런 사랑을 할 때는
그 상처가 보이지 않는다는 것입니다.
병들었는데도
아프지 않는 거와 같은 것이지요.
망가진 사랑을 치료하고 싶을 때는
이미 그 사랑을 놓치고 마는 것이지요.

사랑은 떵떵거리는 것이 아닙니다. 깊이 사랑할수록 아픈 곳에 손이 가듯 자연스럽게 그 사람의 상처를 보듬는 것이지요. 사랑은 가슴 제일 밑바닥에서 솟아나는 것이지, 입술에서 내뱉어진 쉬운 말들은 아니지요.

바닥이란 그런 것이지요. 바닥에 닿는다는 것은 마음에 닿는다는 것이지요. 아픈 곳을 손바닥으로 어루만지고, 그리운 곳으로 발바닥은 달려갑니다.

사람의 손가락이 열 개이기 때문에 십진법이 만들어졌다고 합니다. 그만큼 사람들은 예민해지고 복잡해졌습니다. 물론 오늘날의 과학 문명을 만들어 낸 것의 상당 부분이 이 십진법의 영향을 받았습니다.

그러나 만약, 사람의 손이 소의 발이나 새의 날개처럼 뭉툭했다면 삶이 얼마나 단조로워질 수 있었을까요?
얕은 개울에 흐르는 물처럼 눈부시지 않았을까요?

십진법의 사랑이 아닌
뭉툭한 사랑을 합시다.

지가 무슨 바닥이나 된다는 듯이
쩡, 쩡, 쩡,
빈 울림의 사랑은 하지 맙시다.

그대 가슴에 흐르는
얕은 강물 같은 물비늘의 사랑을 합시다.

이 추운 계절을 다 지나서야
비로소
제 바닥에 닿는 돌처럼
뒤늦은 사랑을 하지 맙시다.

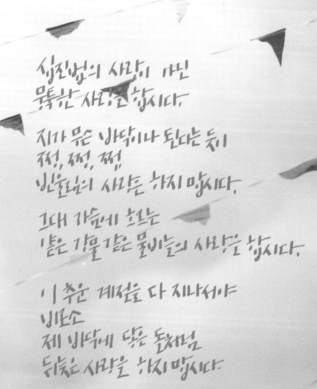

첫진심의 사랑이 아닌
묵한 사랑을 합시다.

지가 무슨 바닥이나 된다는 듯이
쩡, 쩡, 쩡
빈혼의 사랑은 하지 맙시다.

그대 가슴에 흐르는
낡은 강물같은 물비늘의 사랑을 합시다.

이 추운 계절을 다 지나서야
비로소
제 바닥에 닿은 돌처럼
뒤늦은 사랑을 하지 맙시다.

027

사랑이 가까워지면

이별이 가까워진다

내가 그다지 사랑하던 그대여
내 한평생에 차마 그대를 잊을 수 없소이다
내 차례에 못 올 사랑인 줄은 알면서도
나 혼자는 꾸준히 생각하리라
자 그러면 내내 어여쁘소서

시, '어떤 돌'에서 – 이상

156

시인 이상이 심한 각혈로 직장을 그만두고 요양 차 백천온천에 갔다가 그 곳 기생 금홍을 알게 된 후, 이별을 예감하며 쓴 시가 '어떤 돌'입니다.

어떤 사람은 이 생애가 한 사람을 사랑하기에 너무나 짧다고 우는 사람이 있는가 하면, 이처럼 이 생애에 못 올 차례인 줄 아는 사랑이 있습니다.

사랑에도 차례가 있을까요?

사랑에도 차례가 있다면, 그 차례라는 단어가 주는 의미는 꽃을 '현화 식물의 유성 생식기관'이라고 표현하는 사전의 의미처럼 오싹한 무서움을 주지 않을까요. 바통을 넘겨주듯 사랑하는 사람을 다음 차례의 사람에게 넘겨주어야 한다면, 유행가조로 '사랑만은 않겠어요' 하겠습니다.

결국, 사랑이 가까워지면 이별이 가까워진다는 것이겠지요.

어떤 현자는 이렇게 말했습니다.

"기쁨이나 슬픔이 찾아오면 그것이 영원하지 않다는 것을 명심하라. 이 세상에 영원한 것은 없음을 기억하라."

이 말이 진리라면 나 혼자는 꾸준히 생각하리라던 이상의 맹세는 영원한 것일까요. 사랑이 영원하지 않다면 시인 이상의 말은 헛된 것

157

일까요. 그렇다면 왜? '내내 어여쁘소서'라고 하였을까요.

사랑에도 차례가 있을까요?
사랑에도 차례가 있다면 내 차례를 기다리는 마음은 대체 어디서 오
는 것일까요. 어디서 많이 본 듯한 낯익음이 전생에 끊어 놓은 예약
표라면, 그걸 놓치며 사는 사람들은 또 얼마나 억울한 것인가요.

인간이란 질서의 동물이고, 후회의 동물이라고 합니다. 사람이 질서
에 맞게 삶을 산다면 후회는 없습니다.
'祖死父死子死孫死'
할아버지가 죽고, 아버지가 죽고, 자식이 죽고, 손자가 죽는다. 죽는
다는 것은 슬픈 일이지만, 다르게 생각하면 이 말은 가장 행복한 말
입니다. 질서 있게 죽는 것이 큰 복이기 때문입니다.
할아버지보다 아버지가 먼저 죽고, 아버지보다 아들이 먼저 죽는다
면 이처럼 슬픈 일은 없으니까요.

자연의 질서 속에 순응할 때, 후회는 조금씩 멀어져 갑니다. 후회란
잊힌 마음과 잊힌 얼굴로 살아가기 싫다는 다른 표현입니다.

먼 훗날 삶의 마지막에 '왜 혼자인가?'라는 질문을 하게 될 쯤, 저는
그대에게 잊힌 마음, 잊힌 얼굴이 되어 있겠지요.

158

결국, 어별이 가까워지면 사랑이 가까워진다 는 것이겠지요.

그 때에도 내 생에 못 올 사랑이었다고
다음 차례를 기다릴 수 있을까요?
삶의 끝 외로움이란 나무에
귀한 열매 하나 걸어 놓을 수 있을까요?

삶에서 가장 큰 믿음은 변하지 않는 한결같음입니다. 그 한결같음은
태양과 별과 달과 흙과……. 그러나 그 오랜 세월 변하지 않는 사물
보다 우리에게 더 안타깝게 다가오는 한결같음이 있습니다.
그것은 짧은 생, 짧은 목숨 속의 한결같음입니다.

사랑에도 차례가 있을까요?
사랑에도 차례가 있다면
어디서 많이 본 듯한 눈길,
유독 뒤돌아보게 하는 인연과
깨끗이 안녕합시다.
그대 없이 늙게 된다는
기막힌 슬픔을 이제 마감합시다.

그 얼굴의 목숨은 한 번뿐이기 때문입니다.

사랑에도 차례가 있을까요?
사랑에도 차례가 있다면
어디서 많이 보지 못한 눈은,
유독 듬뿍 아래 가는 신념과
깨끗이 안녕합시다.
그대 없이 속히 타나는
기막힌 슬픔을 이제 마감합시다.

그 얼굴의 목숨은 한 번뿐이기 때문입니다.

160

028

이제 이별을

깨끗이 인정하다

기다려 달라는 말은 헤어지자는 말보다
설령 그것이
마지막의 말이 된다하더라도
얼마나
아름다운가

시, '이별의 말'에서 - 오세영

'잊으라'는 말은 너무 쉽게 하는 사람들이 미워, 사람들을 만나기 두려웠지요. 눈부시게 빛나는 풍경은 쉽게 잊히지만, 너무 아름다워 눈물 나는 사람은 가슴속 시린 강물로 되살아난다는 것을 왜 사람들은 모르는 걸까요?

이별을 인정하는 것은 죽기보다 싫지만, 그보다 더 싫은 것은 그대 때문에 자주 이불에 얼굴을 묻는 일입니다.

그대에게 수많은 편지를 썼었지요. 부치지 못한 편지, 아니 부칠 수 없었던 편지들을 태우고 또 태웠습니다. 세월이 흐를수록 뚜렷해지는 얼굴들 중 가장 선명한 얼굴이 그대라면 믿겠어요?

광주를 떠나온 것은 참 잘한 일이지만 이 곳 서울에서도 나는 광주를 봅니다. 그대 집 앞에 뿌려졌던 노란 은행잎도 뚜렷하고, 그대가 옷을 골라 주었던 옷가게도 선합니다. 그대를 사랑했던 초라한 남자도 기억 속에 있습니다.
그러나 그 초라한 남자의 입술에 얼굴을 묻던 그대만 없습니다.

그 때 왜 기다려 달라는 말을
가슴속에 쌓아 놓은 채,
눈빛만 반짝였을까요.

기다려 달라는 말이
헤어지자는 말보다 아름다운 건,
헤어지는 것은
몸의 이별로 한 번이기 때문입니다.
기다려 달라는 말은
아직도 몸 이상의 사랑을
버릴 수 없다는 것이지요.

헤어짐이 잦은 시대에
흔한 헤어짐 하나 보탠 것뿐이지요.
기다려 달라고,
언젠가는 빛나는 열매를 보여주겠다고
가슴속으로만 맹세했지요.

이별은
눈으로 하는 것,
이별은
몸으로 슬픔을 노래하는 것,
그것이
그대와 나의 이별의 말이 되었습니다.

기다려 달라는 말이
헤어지자는 말보다 아픈 건,
헤어지는 것은
몸의 이별조차 산게 때문입니다.
기다려 달라는 말은
아직도 몸 이상의 사랑을 버릴수 없다는 것지요.

164

029

낡음의 평화

이제, 나도 헐거워지고 싶어요
헌신발처럼 낡음의 평화를 갖고 싶어요
바늘 구멍이면 함께 꿰뚫어지는
헐거운 신발이 되고 싶어요

시, '헐거워짐에 대하여'에서 – 박상천

사랑을 하게 되면 보이게 되고,
보이게 되면 알게 된다는데,
아직도 도통 모르겠습니다.

나는 자꾸 허물어지는데,
허물어질수록 자꾸 낯설어지는데,
낯설어질수록
다시 찾고 싶은 것들이 있습니다.

카키색 스웨터 한 벌과 청바지 서너 장, 오래된 타자기, 소녀처럼 고개 숙인 스
탠드, 버려진 파지에 쏟아 부은 절망, 바흐의 음악, 카잔자스키의 소설들, 깨끗한
백지, 자정 넘어 마시는 쓴 커피, 낡은 라디오에서 갑자기 흘러나온 깨끗한 노래,
수동타자기의 경쾌한 타음, 오래달리기, 흰 모래, 젊다는 것, 좀다리가 숨어 있던
강변, 징그럽지 않은 곤충들, 밖이 환하게 보이는 카페의 창가 자리, 조조 영화
보기, 헌 책방에서 구한 절판된 초판본의 책들, 뜻밖에도 뚜렷한 제 목소리를 가
진 무명시인의 첫 시집, 김승옥의 초기 소설들, 이경록의 시집, 이문세의 노래들,
맨발, 헝겊으로 덮어 씌워진 양장본의 책들, 경쾌하고 맑게 웃는 아이의 웃음소
리, 눈 맞고 찾았던 카페의 넓은 창, 목적지를 정하지 않고 떠난 여행, 어린아이
의 맑은 눈, 차가운 맥주, 예고 없이 내리는 첫눈, 여름 햇빛, 단발머리, 편지받는
것, 안개꽃 한 무더기, 내 허름한 자취방 아랫목에서 빛나던 그대의 처녀……

옛날을 다 잃어버리고,
삼류 여인숙 물맛 같은 세상을 살고 있습니다.

사랑을 하게 되면 보이게 되고,
보이게 되면 알게 된다는데,
아직도 도통 모르겠습니다.

이제 익숙한 것과
결별하지 않기로 했습니다.
이제 낡음의 평화를 갖고 싶습니다.

나는 자꾸 허물어지는데,
허물어질수록 자꾸 헐거워지는데,
헐거워질수록
다시 찾고 싶은 것들이 있습니다.

나는 자꾸 허물어지는데,
허물어질수록 자꾸 헐거워지는데,
헐거워질수록
다시 차고 싶은 것들이 있습니다.

030

밤기차

산모퉁이를 돌면서 기차는
쏟아지는 기적소리로 울고 있었다
유리창에 눈발이 잠깐 비치는가 했더니
이내 눈송이와 어둠이 엎치락뒤치락
서로 껴안고 나뒹굴며 싸우는 폭설이었다
잠들지 않는 것은 나와 기차뿐
철길 옆 낮은 처마 불빛 하나뿐
저기 잠못 드는 이가 처녀라면
기적소리가 멀어지면 더욱 쓸쓸해서
밤새도록 불을 끄지 못할 것이다

시, '밤기차를 타면서' 全文 – 안도현

사랑을 잃어버리고
밤기차를 타는 사람은
밤기차를 사랑하지 않습니다.
오직 밤기차가 주는
쓸쓸함을 사랑할 뿐이지요.

밤기차를 타는 것처럼
사는 일이 쓸쓸합니다.
밤기차를 타는
사람의 마음이 어두워,
별은 뜨지 않고
잠들지 못한 사람들의 불빛만
밤기차처럼 흔들립니다.

어느 역에서 내려야 하나?
눈물을 감추기 위해
얼마나 오래도록
밤하늘을 올려보아야 하나?
그대와의 이별을 실감하기 위해
얼마나 멀리
그대에게서 떨어져야 하나?

그대와의 밤기차는
해돋이였고
첫눈이었고
가슴 뜀이었는데,
왜 이제는
밤기차의 쓸쓸함만을 불러와
친구하고 있나?

그대만은
밤기차를 타는
쓸쓸함을 갖지 말기를,
그대만은
밤기차를 타는
쓸쓸한 사람을 사랑하지 말기를,
그대만은
밤기차를 바라보며 손 흔들지 말기를,
그대만은
이 땅의 역전驛前에 버려진
이별과 아쉬움에 묵념하지 말기를.

172

사랑을 잃어버려도
사랑하던 눈빛은 버리지 말기를.
그 눈빛으로 살다가
끝끝내 사람으로 다시 태어나기를.
사람으로 태어나
다시는
아픈 사랑을 하지 말기를.

지금 곁에 있는 사랑을
알지 못하면
알지 못하는 사랑이기에
그 사랑을 잊을 수도 없습니다.

잊을 수 없기에
사랑하는 일의 마지막이
밤기차를 타는
쓸쓸함임을 아는 사람이 되어
이 땅의 역전에
사랑과 이별을 보낼 뿐입니다.

지금 곁에 있는 사람을
잃지 못하면
잃지 못하는 사람이기에
그 사람을 잃을 수도 없습니다.

잃을 수 없기에
사랑하는 날의 마지막
밤기차를 타는 쓸쓸하는 사는 사람이 되어
이 땅의 역전에
사랑과 이별을 보낼 뿐입니다.

175

031

막바지 사랑법

무료려진 남자의 가운데 손가락에 오래토록 묶이는
낯선 내 시선을 끊으며
여자의 고운 손이 남자의 손을 말했기 감싸 덮었다

여자의 머리발을 쓰다듬는 남자의 손가락 두 개
여자는 남자의 허리에 머리를 기대어 있었고
남자의 푸른 시름이 강물처럼 살며시 흘러내리고 있었다

시, '어떤 연인들'에서 - 도종환

겨울나무는 다른 계절에 볼 수 없는 표정을 갖고 있습니다. 장딴지
에 잔뜩 힘을 주고 있는 것처럼 안간힘으로 무엇인가를 기다리고 있
는 표정입니다. 이 세상의 모든 나무들은 잎새 사이에 바다를 숨겨
놓고 있는지 모르겠습니다. 나뭇잎이 흔들릴 때마다 파도소리가 흘
러나옵니다.

잎새에 가려서 보이지 않은 나무들의 언어가 12월의 막바지쯤이면
보이기 시작합니다. 나는 그 표정의 물결을 가만히 가슴으로 옮겨봅
니다. 그러면 슬픔의 심로 하나가 가슴에 그어집니다.

겨울나무를 보는 사람들은 제각기 제 몸에 맞는 슬픔의 전형을 읽습
니다. 사람의 입술이나 손으로 매만질 수 없는 사랑을 보는 이가 있
는가 하면, 미쳐간 누이의 하얀 치마폭에 빛나던 싸리꽃을 보기도
합니다.

그러나 나는 겨울나무에서 살아 있음의 행복을 봅니다. 살아 있는
나무만이 잎사귀를 버린다는 한 구절의 시를 읊조립니다.
나는 겨울나무에서 질서를 봅니다. 세상이 나를 혼돈으로 태어나게
했다면 나에게 영혼과 몸의 질서를 가르쳐 준 사람이 있습니다. 코
스모스 꽃 같은 사람이 있습니다. 그 분은 지금 내 곁에 없습니다.

우리 모두에게는 제각기 슬픔의 심로가 있습니다. 그 슬픔의 길 끝에는 겨울나무 한 그루가 바람에 떨고 있습니다. 머지않아 또 따뜻한 바람이 불고 단비가 내리는 봄이 옵니다.

그러면 봄비는 낮은 억양으로 이렇게 속삭이겠지요.

"살아 있지요."

속살거리며 뿌리를 간질일 것입니다.

"견딜만 했지요."

또 물어올 것입니다.

우리네 모두에게는
제 각각
제 몸에 맞는
슬픔이 있습니다.

만약 이 땅의 모든 남자들이 자갈치 시장에서 생선을 파는 아줌마들의 남편쯤 된다면 세상 남자들은 하나도 걱정하지 않고 살 것입니다. 여자에게 금이야 옥이야 잘해 줘도 달아나는 세상에 저렇게 일 시키고도 달아나지 못하게 하는 그 남편들의 비법을 배울 수만 있다면 말이지요. 그러나 쉽게 배울 수 없기에 비법이 아닐까요. 그 비법의 속내에는 그들만의 사랑법이 있습니다.

'뭉그러진 남자의 가운데 손가락에 오래도록 꽂히는 낯선 내 시선을 끊으며 여자의 고운 손이 남자의 손을 말없이 감싸 덮은 것'이 그 연인들의 사랑법이라면, 자갈치 시장의 남편은 바닥에 닿아본 사람만이 아는 사랑이 아닐까요. 바닥까지 닿아본 사랑은 얼마나 위대한 것일까요.

"아시지요. 슬픔이 없으면, 견딜 수 없으면, 사는 게 아니라는 걸."
"아시지요. 슬픔이 없으면, 견딜 수 없으면, 사랑하는 게 아니라는 걸."

그것이
나의 사랑법이었습니다.
다만
그대가 용서하지 못했던 거지요.

"아시지요, 슬픔이 없으면, 견딜 수 없으면,
사는데 아니라는 걸."

"아시지요, 슬픔이 없으면, 견딜 수 없으면,
사랑하는 게 아니라는 걸."

180

냉장고 사랑

사랑을 '사랑'이라고 하면
벌써 사랑은 아닙니다
사랑을 이름 지을 만한
말이나 글이 어디 있습니까

사랑의 비밀은
다만
님의 수건에 수놓는 바늘과,
님의 심으신 꽃나무와,
님의 잠과
시인의 상상과
그들만이 압니다

시, '사랑의 존재'에서 – 한용운

소시민들의 가장 큰 위로는 "이제 제법 살만 할 거"라는 응원의 말입니다. 시간이 조금 지나면 지금보다는 조금 더 나을 거라는 희망으로 사는 것이지요. 그런 희망을 먹고 사는, 어느 가난한 부부의 사랑 이야기입니다.

젊은 날 그들의 사랑에 위기가 찾아온 것은 남자의 가난과 무기력 때문이었지요. 그것을 이겨낸 사랑을 나는 '냉장고 사랑'이라고 말합니다. 냉장고가 그들의 사랑을 지켜 주었습니다.
무슨 소리냐구요?

파충류와 포유류의 차이 중 하나는 파충류는 본질적으로 화를 내거나 기쁨을 내는 능력이 없다는 것입니다. 뇌에서 그런 역할을 하는 변연계가 퇴화되었기 때문이지요. 악어쇼에서 악어를 때려도 악어가 화를 내지 않는 이유가 거기에 있습니다.

젊은 날 남자는 파충류를 닮아 있었습니다. 돈이 되지 못하는 시만 쓰는 자신을 무척 부끄러워했습니다. 부끄러울수록 자신의 감정을 꼭꼭 숨겨 두고 드러내지 않았고요.

남자의 가난보다 여자를 더 힘들게 하는 건 남자의 무기력이었지요. 앉지도 서지도 못한 엉거주춤, 사랑까지도 엉거주춤이었습니다. 시간이 지날수록 남자는 악어쇼의 악어를 닮아 가고 있었습니다.

182

남자의 무기력, 무감정, 엉거주춤한 사랑을 참지 못한 여자가 어느 밤, 술에 취해 남자의 자취방을 찾았습니다. 여자는 남자의 사랑을 확인하는 싶었던 것이지요. 술에 힘을 빌려 그동안 가슴속에 쌓아 두었던 말들을 뱉어 내기 시작했습니다.

부모님 성화에 선을 본 남자가 있다고 고백해도 "미안하다!"
콱! 그 돈 많은 남자에게 가버리겠다고 해도 "미안하다!"
나를 사랑하긴 하는 거냐고 물어도 "미안하다!"
거짓이어도 좋으니, 사랑을 약속해 달라고 해도 "미안하다!"

남자는 여자에게 그냥 미안한 인간일 따름이었습니다. 눈물범벅이 되어 잠든 여자의 눈물을 닦아 주는 것이 남자의 유일한 대답이었습니다.

다음날, 여자가 처음으로 차려준 아침밥을 먹으면서 남자는 여자와의 이별을 예감했습니다. 이것이 그녀와의 마지막 시간임을 인정해 버린 거지요. 남자는 슬픔에 충분히 단련되었다고 스스로를 위안했습니다.
여자의 젓가락질이 가늘게 떨리는 것을 알아채고도 남자는 오직 미안한 인간이었습니다.

그러나 뜻밖에 며칠이 지난 후, 여자는 더욱 밝고 환한 얼굴로 남자를 찾아왔습니다. 다시 찾아온 그녀의 사랑은 더욱 굳건해졌으며 남자에 대한 믿음은 희망이었습니다. 무엇이 그녀의 절망을 희망으로 바꾸어 놓았는지 남자는 까맣게 몰랐습니다.

그 후 남자와 여자는 결혼하였고, 첫날밤에 그 이유를 들을 수 있었습니다.

그 날 아침, 당신의 모습을 보았어요. 간밤에 마신 술 때문에 당신은 너무 초췌해 보였구요. 차가운 꿀물이라도 타 주려고 얼음을 찾았어요. 냉동실 문을 여는 순간, 저는 그만 울어 버렸어요. 삼 년 전, 당신이 등단했을 때 제가 드린 꽃다발이, 우리의 사랑이, 그 때 꿈꾸었던 우리의 미래가 거기에 고스란히 남겨져 있었어요. 그 때 당신의 밝고 환한 사랑을 보았어요. 어둡고 무기력한 당신에게서 그렇게 밝고 뜨거운 사랑이 있는 줄 몰랐어요.

남자는 눈물을 주체할 수 없었습니다. 미안한 마음을 넘어서 한없이 은혜로울 뿐이었습니다. 그리고 남자는 다짐했습니다.

"그녀와 함께 곱고 착하게 늙어 가리라."

남자의 혀, 여자의 입술로 찾아가 환하게 환하게 젖어 버렸다고 합니다.

사랑을 사랑이라고 하면 벌써 사랑은 아닙니다. 나무는 폭풍우에도
끄덕하지 않는 나무로 자라기 위해 수천만 번 흔들립니다. 우리는
아름다운 사랑을 피워내기 위해 얼마나 많이 흔들려야 할까요?

사랑하는 마음은
서로를 소유하는 것이 아니라
서로의 허물을
말없이 끌어안는다는 것입니다.
서로의 허물을 꼭꼭 가두어 놓고
서로의 눈물을 꼭꼭 보듬어 주고
그리하여 서로를 바로보는 눈빛이
서로의 외로움의 빛을 닮아 가는 것입니다.

마지막은 항상
그 외로움과 싸워
더욱 아름다워졌다는 것입니다.

사랑하는 마음
서로를 소유하는 것이 아니라
서로의 허물을
말없이 품어 안는다는 것입니다.
서로의 허물을 꼭 감싸 주고
서로의 ○을 꼭 감싸 주고
그러며 서로를 바라보는 눈빛이
서로의 마음의 빛을 닮아 가는 것입니다.

마지막은 한결
그 괴로움과 싸워
더욱 아름다워졌다는 것입니다.

첫사랑과 첫 이별

잘못 쓴 문제 있듯이
다시 출발하고 싶은 세월도 있다

시, '지우개'에서 – 송순태

그대가 나에게 이런 말을 했지요. 부디 쫓기는 마음으로 살지 말고 여유로움으로 살라고요. 그 여유로움을 갖기 위해서는 조금은 비겁해도 괜찮다고요. 초등학교 바른생활에 나오는 착함으로 살지 말고, 생활이 가르쳐 주는 약음으로 살라고 당부하며 떠났지요.

나는 한 번도 어느 분야에서 모든 것을 책임져야 한다는 생각을 해 보지 못했습니다. 다만 누군가가 세상에 나를 내어 보내실 때, 세상에서 외면받는 한 귀퉁이 정도는 부지런히 일구어 가며 살 거라고 다짐했었지요. 그러나 눈길에서 벗어난 한 귀퉁이도 마음대로 되지 않았습니다.

겨울 오후, 남으로 창이 난 어느 출판사 편집실에서 문장과 문장 사이를 오가며 교정을 보고 있습니다. 괴로운 것은 내가 만든 책이 한 그루 나무의 값어치를 할 수 있는가란 불안이 어깨 근처에 항상 우울한 통증으로 머물러 있다는 것입니다.

지금까지의 내 삶은, 서점의 한 귀퉁이에 잠깐 동안 깔려 있다가 사라지는 책들처럼 실패의 연속이었습니다. 이 세상에서 외면받는 한 귀퉁이라도 책임지고 싶은데, 어깨 근처의 우울한 통증은 불면을 불러와 친구하고 있습니다.

그렇습니다. 젊은 날, 실업한 내 빈 주머니에는 시를 쓰다 꺾은 손가락의 아픔이 있었습니다. 사실 얼마간의 꿈이 담배가루처럼 침전해 있었는지도 모릅니다. 빈 주머니이기에 한 번도 까발려 본 적이 없었지요. 돈이 되지 못한 몇 편의 시가 오래도록 빈 주머니 속에서 절망하고 있었습니다.

절망이 쌓여 가고 있을 때, 세상에 대하여 치사량의 분노를 느꼈지만 결국 그대의 말처럼 살지 못했지요. 메마른 겨울 하늘에 모든 눈물을 빼앗기고 슬픔이 뼈 속까지 파고드는 아픈 세월을 보낸 거지요.

견딜 수 없을 만큼 세상은 빨리 돌아가고, 이별에 익숙해지는 것보다 더 빠르게 또 다른 이별이 고개를 쳐듭니다. 그래서 매일 이별에 단련됩니다. 매일 이별에 단련되어도, 잘못 쓴 문장처럼 잘못 살아도, 여전히 그대는 나의 첫사랑이고 첫 이별입니다.

남으로 창이 난 사무실에는 항상 어둠이 빠르고, 그 어둠이 지나면 또 햇살이 맨 먼저 찾아옵니다.

햇살처럼, 생활의 희망은 항상 빠르게 옵니다.

세상에는

수많은 사랑과 이별이 뿌려져 있습니다.

그 많은 사랑과 이별 속에서

그대는 나의 첫사랑이고 첫 이별입니다.

나의 첫사랑과 첫 이별이

잘못 쓰인 문장이어도,

잘못 써내려온 세월이어도,

나 후회하지 않습니다.

세상에는 수많은 사랑과 이별이
벌어져 있습니다.
그 많은 사랑과 이별 속에서
그대는 나의 첫사랑이고 첫 이별입니다.

나의 첫사랑과 첫이별이
잘못 쓰인 문장이어도
잘못 써내려온 세월이어도,
나 후회치 않습니다.

034

아 엄마!

고독하다는 것은
아직도 나에게 소망이 남아 있다는 거다
소망이 남아 있다는 것은
아직도 나에게 삶이 남아 있다는 거다
삶이 남아 있다는 것은
아직도 나에게 그리움이 남아 있다는 거다

그리움이 남아 있다는 것은
보이지 않는 곳에
아직도 너를 가지고 있다는 거다

시, '고독하다는 것은'에서 – 조병화

어머니는 울고 계시는지
눈만 퉁퉁 부어오릅디다.
손가락에서 발가락까지
추위나 더위, 아픔이나 기쁨도 모르시는지
잠든 아가처럼 숨만 쌕쌕 쉬고 계시는데요.

그걸 지켜보고 있는 내가
그 실핏줄 같은 목숨을 붙들라고
어머니 손을 꼬옥 잡았는데요.
어머니는 꿈쩍도 안하시고요.
아직 너희들에게서 떠나지 못한다는 말씀처럼
따뜻한 체온만 내내 흘리십디다.

어머니 눈은 자꾸만 부어오르고요.
닭똥 같은 눈물을
미련처럼 슬슬 흘리시는데요.
그걸 훔쳐 내는 손이 덜덜 떨리는데요.
그게 꼭, 그 옛날 어머니와 같이 바라보던
새벽별 같고요.

아들 잘 되라고 강물에 띄워 보내시던
바가지 속 촛불 같고요.
다시는 못 볼 것 같은 이 모진 세상에 대한
더딘 미련 같아서,
그 여윈 가슴 위로 눈물 뚝뚝 흘렸습니다.

이게 이 세상에서
마지막 어머니 모습만 같아서,
아직 따스한 살이라도 원 없이 만져볼 욕심으로
한없이 볼 비벼 보는데요.
한없이 비벼 보는데요.

어머니 얼굴 위로 별빛 같은,
후회 같은 무엇인가가 뚝뚝 떨어지는데요…….
아! 엄마.

이제 이 세상에서
마지막 어머니 모습만 같아서
아직 따스한 살이라도 한 없이 만져볼 욕심으로
한 없이 볼 비벼 보는데요,
한 없이 비벼 보는데요.

어머니 얼굴 위로 불빛같은,
눈물같은 무엇인가가 뚝뚝 떨어지는데요……

아! 엄마

035

눈물을 나르며

머리에 보자기를 쓰고 가는 아이처럼
슬픔에 비 맞아 가는 것도
다 구멍인 세상이듯이

시. '아껴먹는 슬픔'에서 – 유종인

마음을 섞어 부르던 이름에는
눈물이 숨어 있습니다.
들꽃처럼 아름답던 사람들의 이름에는
수수꽃 흔들리던 가을 하늘의
맑은 눈물이 묻어 있습니다.

유리창에 점점이 찍히는 눈을 바라보며
왜 내가 사랑했던 이름에는
슬픔이라는
낙인이 찍혀 있는가 묻고 싶습니다.
세상이 아름답기에는
이별이 너무 많습니다.

낯선 이사에 어린 동생들,
겁먹은 눈동자가 착합니다.
죄 없이 불안하게 짐을 쌌습니다.
울음보다 먼저 눈이 내렸습니다.
초라한 살림살이 부끄럽지 말라고
함박눈 내렸습니다.

아까워하는 마음에
버린 것들 몇 번이고 눈길이 가고,
한 세월 인이 배인 짐을 싸면서
눈물도 함께 묶었습니다.
자꾸만 눈 속에 갇힙니다.

누구는 풍비박산이라 하며 손을 잡고
누구는 애처로워 가슴이 찢어진다고 합니다.
그래도 눈물은 나오지 않았습니다.

눈물방울의 짐을 싸고
눈물방울의 미련을 나르며
방울방울 슬픈 것들이 모여 눈 내렸습니다.
눈물이 이렇게 볼품없고 가벼운 것인가.

탯줄을 끊고, 이빨을 뽑아 지붕으로 던지고
웃음과 울음, 사랑과 미움
고만 고만하던 세월을

부모 없이 다시 시작해야 합니다.
주마등처럼 지나가는 화살
아프게 맞으며,
함박눈 덮인 이삿짐들은
눈 속에 갇혀 눈물이 되었습니다.

눈물을 나르며
끝내
슬픔은 흘리지 않았습니다.

마음을 섞어 부르던 이름에는
눈물이 숨어 있습니다.
들꽃처럼 아름답던 사람들의 이름에는
수꽃 흔들리던 가을 하늘의
맑은 눈물이 묻어 있습니다.

유리창에 점점이 적히는 눈을 바라보며
왜 내가 사랑했던 이름에는
슬픔이라는 낙인이 찍혀 있는가 묻고 싶습니다.
세상이 아름답기에는
이별이 너무 많습니다.

사랑이 가까워지면
이별이 가까워진다

지은이 **이록**

손글씨 · 사진 **밤삼킨별 김효정**
펴낸이 **이종록** 펴낸곳 **스마트비즈니스**
스태프 **이지혜, 이재은**
등록번호 **제 313-2005-00129호** 등록일 **2005년 6월 18일**
주소 **서울시 마포구 성산동 293-1 201호**
전화 **02-336-1254** 팩스 **02-336-1257**
이메일 smartbiz@sbpub.net
ISBN 979-11-85021-00-3 03810
초판 1쇄 발행 **2013년 5월 5일**
초판 2쇄 발행 **2013년 8월 20일**

애니멀 티칭
Animal Teachings
: 동물과 이야기를 나누다

털썩, 무릎 꿇고 싶은
오늘을 살아가는 우리들,
가끔 아무 말 없이
나를 바라보는 동물들을 보며
따뜻한 위로를 받을 때가 있습니다.

우리의 영혼을 맑게 깨어 줄
'아주 특별한 친구'를 소개합니다!

돈 브런 글 | 올라 리올라 그림 | 임옥희 옮김
4.6배판변형 | 192쪽 | 올컬러 | 값13,000원

머스트비출판사 발행(031-902-009